História Nunca
que Nunca que A
Contei
História História
Nunca que Nunca
História Contei
Nunca
História
Contei
que

DARKLOVE.

FIGHTING WORDS
Copyright © 2020
by Kimberly Brubaker Bradley
Todos os direitos reservados.

Acervo de imagens
© Alamy, © Retina78, @123RF V.Evale

Tradução para a língua portuguesa
© Mariana Serpa, 2022

Diretor Editorial
Christiano Menezes

Diretor Comercial
Chico de Assis

Gerente Comercial
Giselle Leitão

Gerente de MKT Digital
Mike Ribera

Gerentes Editoriais
Bruno Dorigatti
Marcia Heloisa

Editora
Nilsen Silva

Capa e Projeto Gráfico
Retina 78

Coord. de Arte
Arthur Moraes

Coord. de Diagramação
Sergio Chaves

Designer Assistente
Aline Martins | Sem Serifa

Finalização
Sandro Tagliamento

Preparação
Jana Bianchi

Revisão
Eliana Moura
Viviane Rodrigues

Impressão e Acabamento
Ipsis Gráfica

DADOS INTERNACIONAIS DE CATALOGAÇÃO NA PUBLICAÇÃO (CIP)
Jéssica de Oliveira Molinari - CRB-8/9852

Bradley, Kimberly Brubaker
    A história que nunca contei / Kimberly Brubaker Bradley ;
tradução de Mariana Serpa. — Rio de Janeiro : DarkSide Books, 2022.
240 p.

ISBN: 978-65-5598-182-7
Título original: Fighting Words

1. Ficção norte-americana 2. Abuso - Ficção 3. Trauma - Ficção
I. Título II. Serpa, Mariana

21-2727   CDD 813

Índices para catálogo sistemático:
1. Ficção norte-americana

[2022]
Todos os direitos desta edição reservados à
DarkSide® *Entretenimento LTDA.*
Rua General Roca, 935/504 — Tijuca
20521-071 — Rio de Janeiro — RJ — Brasil
www.darksidebooks.com

KIMBERLY BRUBAKER BRADLEY
A História que Nunca Contei

Mariana Serpa Vollmer
TRADUÇÃO

DARKSIDE

01

Minha tatuagem nova está coberta por um Band-Aid, mas na hora do recreio o curativo cai. Estou na sala de aula do quarto ano, pendurando meu casaco no gancho, quando minha professora, a sra. Davonte, chega e se espanta.

"Della, isso é uma tatuagem?"

Ergo o punho e mostro a ela.

"É um 'e comercial'", respondo, com o cuidado de falar do jeito certo.

"Eu sei o que é", diz a sra. Davonte. "*É de verdade?*"

É tão de verdade que ainda dói, e a pele em volta está vermelha e inchada.

"Sim, senhora."

Ela balança a cabeça e resmunga. Eu não pertenço ao grupo dos alunos prediletos. Talvez seja uma das menos queridas.

Não estou nem aí. Amo demais minha tatuagem de "e comercial".

Tenho 10 anos. Vou contar a história toda. Algumas partes são difíceis, então vou deixar para depois. Vou começar pela mais fácil.

Meu nome é Delicious Nevaeh Roberts. Pois é, eu sei. Com esse primeiro nome, que significa "deliciosa", por que não usar só o Nevaeh? Nunca digo a ninguém que meu nome é Delicious, mas está no registro da escola, e os professores costumam fazer a chamada em alto e bom som logo no primeiro dia.

Nos últimos tempos, andei tendo muitos primeiros dias.

Quando consigo abrir a boca antes de a professora falar *Delicious* em voz alta, aviso que prefiro *Della*. Bom, na verdade eu sempre aviso — *prefiro Della, não Delicious, obrigada* —, mas facilita se ninguém ouvir o *Delicious*.

Uma vez um garoto tentou me lamber para ver se eu era mesmo deliciosa. Dei um belo chute no... A Suki fala que não posso escrever palavrão se quiser que as pessoas leiam a minha história. Todo mundo que eu conheço fala palavrão o tempo todo, mas não escreve. Enfim, eu dei um belo chute bem na braguilha dele — melhor dizer assim — e acabei me dando mal. É sempre a garota que se dá mal. Em geral, sou eu.

A Suki não deu a mínima. *Você tem que se defender, Della*, dizia ela. *Não tem que aturar as merdas dos outros.*

E *merda*? Posso escrever?

Enfim, ela não falou *merda*. Falou coisa pior.

Deixa eu consertar. A Suki diz que, toda vez que eu quiser falar um palavrão, posso dizer *sorvete*. Ou *sorvetão*. Ou *sorveteiro*.

Dei um belo chute bem no sorvete dele.

Não tem que aturar o sorvete dos outros.

Beleza, funciona.

Ok, voltando a mim: Delicious Nevaeh Roberts. Nevaeh é *heaven*, que significa "paraíso", só que escrito ao contrário, claro. Na escola, sempre tem pelo menos uma garota além de mim chamada Nevaeh. É um nome bem comum por aqui. Não sei por quê. Acho meio idiota. *Heaven*, paraíso ao contrário? O que minha mãe tinha na cabeça?

Nada, provavelmente. A verdade é essa. Minha mãe está presa. Não tem nossa guarda. Isso aconteceu faz pouco tempo. Ninguém tinha se dado a esse trabalho antes, apesar de que, quando ela for solta, eu já vou ter idade para votar.

Eu não me lembro dela — só um pouquinho, feito uma cena de filme. A Suki diz que ela, como mãe, era pior que um hamster, e olha que os hamsters às vezes comem os próprios filhotes. Foi a Suki quem sempre cuidou de mim. Ainda cuida, na verdade.

A Suki é minha irmã. Ela tem 16 anos.

Ainda estou na parte fácil da história, acredite se quiser.

O nome completo da Suki é Suki Grace Roberts. Suki não é apelido de nada, por mais que pareça. E Roberts... Bom, esse também é o sobrenome da nossa mãe. Eu não sei quem é o meu pai, nem a Suki sabe. A gente só sabe que são dois caras diferentes e que nenhum deles é o Clifton, graças a Deus. A Suki jura que é verdade. Eu acredito nela.

Pode falar *Deus* na história? Porque eu não tomei o nome de Deus em vão ali em cima. Eu realmente sou grata a Deus, seja lá quem Ele for, por não ter o Clifton como pai.

A Suki tinha uma fotografia da mamãe, do julgamento. O rosto muito branco, cheio de hematomas, os dentes pretos por conta da metanfetamina, os cabelos lisos e quase brancos. A Suki diz que ela descoloria o cabelo, mas, sei lá, dá para ver que não tinha nenhuma textura. Parecia um monte de barbante. Minha irmã tem o cabelo macio e brilhoso, castanho-escuro, a não ser quando ela pinta de preto. É uma versão mais bonita do cabelo da mamãe, e os olhos dela também parecem os da mamãe. O meu cabelo é cacheado. Vive embaraçando o tempo todo. Os meus olhos são mais claros que os da Suki e os da mamãe.

A pele da Suki é branca feito leite, tão clara que a barriga dela é quase azul. Ela fica vermelhona quando pega sol. A minha pele é mais morena, e eu nunca preciso de protetor solar, embora a Suki diga que preciso, sim. Então, mesmo que a gente não saiba nadica de nada sobre os nossos pais, dá para imaginar que não sejam a mesma pessoa.

O que é bom, não é? Porque, se o mesmo cara tivesse ficado por perto tempo suficiente para ser meu pai e da Suki, deveria ter ajudado a gente a sair daquela confusão. Do contrário, não passaria de um grande sorveteiro. O que a Suki acha, e eu também, é que a mamãe provavelmente nunca contou a eles que estava grávida, então eles não podem levar a culpa por terem dado no pé. Talvez fossem caras muito legais e incríveis — a não ser, claro, pelo fato de terem namorado a nossa mãe, que sempre foi uma doida varrida.

Faz muito tempo que a Suki e eu desistimos da mamãe. Foi necessário. Além de estar presa, ela teve um tal de surto psicótico logo que foi encarcerada. Foi por conta da metanfetamina, e significa que ela vai ser para sempre uma doida varrida. Certamente nem nos reconheceria se a gente fosse à cela dela — não que a gente pudesse, já que ela está em alguma prisão no Kansas e não temos como ir até lá. Mamãe não escreve nem liga, porque não consegue escrever nem ligar, e também não diria coisa com coisa. E ela jamais pensaria em entrar em contato. Nós fomos totalmente esquecidas. Lamento muito, mas não é algo que eu possa mudar.

Eu tenho a língua solta. Isso é uma coisa boa. Excelente. Vou contar uma história para explicar. Semana passada, na escola — uns dois dias antes da tatuagem nova —, a sra. Davonte mandou cada um desenhar sua árvore genealógica. Mostrou para a gente o que ela queria: umas linhas, como se fossem galhos de uma árvore, com mãe, pai, avós e avôs, tios e tias, primos e primas.

Minha árvore acabaria já na mamãe, atrás das grades, e teria só um galhinho lateral para representar a Suki. Nem morta eu desenharia aquilo! Ainda mais porque eu estava achando que o plano da sra. Davonte era pendurar os desenhos no corredor do lado de fora da sala para a escola inteira ver.

A sra. Davonte ainda não entende. Não sei por quê. Achei que ela estivesse começando a entender.

Em vez da árvore genealógica, eu desenhei uma loba. Estou me aprimorando cada vez mais em desenhar lobos. Fiz os olhos escuros e mansos, mas a boca aberta e as presas expostas. Peguei as canetinhas da Nevaeh para fazer o contorno da pelagem.

"Della, o que você está fazendo?", perguntou a sra. Davonte, ao passar por mim. "A tarefa não é essa."

"Esta loba *é* a minha árvore genealógica", respondi, olhando para ela.

A sra. Davonte não conhece toda a minha história, mas até que sabe bastante coisa. Ainda mais com tudo que aconteceu ultimamente. Se ela parasse para pensar só um pouquinho, acho que compreenderia por que não quero desenhar uma árvore genealógica. Mas não.

"Eu quero que você faça a tarefa proposta", devolveu ela, espremendo os lábios.

"Esta tarefa é um sorvete", respondi.

Eu me meti em uma enrascada por falar *sorvete*.

Sabia que isso ia acontecer. Por isso mesmo falei. Fui fazer uma visitinha à sala da diretora. A essa altura, nós duas já somos quase amigas. Ela se chama dra. Penny. (Penny é o sobrenome dela. Eu perguntei.)

"Della, a que devo o prazer da sua visita hoje?", perguntou a dra. Penny.

"Não vou fazer tarefa nenhuma", respondi. "Não consigo dar um jeito na minha árvore genealógica, e isso não é da conta de ninguém, só da minha."

"Ah", disse a dra. Penny. Daí ela perguntou o que eu estava aprontando em vez de fazer a tarefa, e concordou que desenhar uma loba parecia uma alternativa razoável. Falou que ia conversar com a sra. Davonte.

"A Luisa também não quer fazer a árvore genealógica dela", falei. "Nem a Nevaeh." Já fazia uns anos que o pai da Nevaeh tinha ido embora. Da Luisa eu não sabia toda a história, mas percebi como o olhar dela desanimou quando a sra. Davonte passou aquela tarefa. "A sra. Davonte não ouve; só vai ouvir na marra."

A dra. Penny suspirou. Não sei para quem.

"Vou falar com ela, Della."

"Ela devia prestar mais atenção", respondi. Só tenho 10 anos, mas percebi o olhar da Luisa e a Nevaeh toda murchinha. A sra. Davonte é a *professora*.

A Francine diz que a gente pode confiar em algumas pessoas, mas não em todas. Eu achava que nunca ia confiar na sra. Davonte.

"Talvez ajude se você parar de usar palavras como *sorvete*, Della", disse a dra. Penny.

"Acho que não ia ajudar, não", respondi. Não pretendia ser mal-educada. "Quando falei *sorvete*, tive que vir até aqui contar a história para a senhora. Se eu não falasse *sorvete*, teria que explicar por que não quero desenhar a árvore genealógica. A turma inteira ia ouvir a minha história. E todo mundo ia caçoar de mim na hora do recreio."

A dra. Penny parou e me encarou por um tempão.

"Obrigada pela explicação", disse a diretora. Sugeriu que eu ficasse na sala dela até a hora do recreio, sentadinha na poltrona confortável. Tinha umas prateleiras cheias de livros que eu podia ler. Não gosto muito de livros, mas tinha um sobre cocô de dinossauro que parecia interessante.

Sei lá o que a dra. Penny disse à sra. Davonte, mas não precisei fazer árvore genealógica nenhuma, e a sra. Davonte não prendeu nenhuma no mural.

Está vendo? É muito útil ter a língua solta. A próxima coisa que eu vou fazer com ela vai ser ajudar a botar o Clifton na cadeia durante um bom tempo.

E ainda estamos na parte fácil da história.

A Suki e eu moramos com a Francine. Ela é nossa mãe de acolhimento. É essa a palavra que se usa, *mãe de acolhimento*, mas a Francine não tem nada de maternal. Pior que nem dá para culpar a metanfetamina.

"Que alegria receber vocês", soltou, quando a assistente social chegou com a gente na casa dela. Isso foi uns meses atrás, em agosto, quando ainda fazia calor todo dia. Uma semana depois de escaparmos do Clifton. Parece que faz um ano. Uma eternidade. Mas não faz.

A casa da Francine era tipo a metade de uma casa geminada, com um quintalzinho e uma sala apertada. Não era suja e tinha um cheiro normal.

"Esse é o quarto de vocês", ela disse. "Eu não costumo aceitar meninas tão novinhas como você, Della, mas acho bom as duas serem irmãs. Certeza que não vão brigar tanto."

Naquela época, a Suki e eu nunca brigávamos.

O quarto era legal. Cama beliche arrumada com lençóis, travesseiros e cobertores. Duas cômodas de madeira com gavetas. Uma para cada.

"Hum", disse a Suki. "Pouco espaço." Ela pegou o saco plástico de mercado da minha mão e o largou na primeira gaveta de uma das cômodas. Depois largou o dela na primeira gaveta da outra.

Era tudo que a gente tinha. Saímos com muita pressa da casa do Clifton.

Saímos *fugidas*.

"É melhor que aquela bruxa do lar temporário", comentei. Estava falando da mulher que tinha recebido a gente nos primeiros dias. O quarto da Francine era menor que o da casa da bruxa, mas parecia mais amistoso, e a Francine também.

"Vamos ver", disse a Suki, com uma fungada.

"Ninguém deixou vocês voltarem pra pegar suas roupas?", perguntou a Francine quando retornamos à sala. "Livros, brinquedos, essas coisas?"

"O Clifton queimou nossas coisas", disse a Suki. "Foi o que a polícia falou."

Lá da casa da Teena, a gente tinha visto a fumaça. O Clifton fez uma pilha no quintal dos fundos com tudo que era nosso, encheu de gasolina e jogou um fósforo. A polícia falou que ele estava tentando fingir que a gente não morava com ele.

A Francine se virou para a assistente social, que ainda remexia os papéis.

"Elas têm auxílio-vestimenta?"

A assistente social conferiu as anotações e respondeu que sim.

Então, assim que a mulher saiu, a Francine meteu a gente numa lata velha e dirigiu até a Old Navy. Eu poderia escolher o que quisesse, *até 200 dólares*. E a Suki poderia gastar 250, porque era mais velha.

"Não se esqueçam de pegar calcinha", disse a Francine no caminho para lá. "Meia, pijama, essas coisas. Só vou fazer compras pra vocês de novo quando o dinheiro começar a cair." Ela fez uma pausa. "Vocês precisam de material escolar? Mochila, caderno, lápis?"

Mais que depressa, neguei com a cabeça. Até parece que eu ia gastar meus 200 dólares com *aquilo*.

"O Clifton escangalhou meu laptop", disse a Suki. "O que a escola me emprestou pra estudar neste ano."

A Francine suspirou.

"Vou ter que dar um jeito nisso. Amanhã vou até a sua escola depois de deixar a Della. Eu trabalho no Departamento de Trânsito, sorte que só abre às dez. Você tem carteira de motorista, Suki?"

A Suki respondeu que sim. Tinha aprendido a dirigir na escola e passado na prova. Ela correu o dedo pela janela do passageiro.

"Mas ela ficou lá no Clifton."

"Posso tirar uma segunda via pra você", respondeu a Francine. "Vamos ver isso também. Vou precisar te incluir no seguro antes de você poder dirigir o meu carro. Acha que dirige bem?"

"Até agora, sim", respondeu a Suki.

Era estranho perder todas as nossas coisas de uma vez só. Por outro lado, eu adorava ganhar coisa nova, ainda mais da Old Navy. Uma loja chique. A maioria das minhas roupas vinha de doações. Às vezes a Teena me dava umas coisas usadas, mas, como as roupas dela em geral já eram de segunda mão, na verdade não eram muito melhores que as minhas. Mas eu tinha um moletom roxo maravilhoso e duas camisetas legais.

Eu me debrucei no banco da frente e agarrei o braço da Suki.

"Ei, vou começar na escola com um monte de roupa nova!" Que coisa incrível! Eu ia ficar igualzinha às crianças que tinham mãe de verdade, tipo as que trabalhavam e tudo o mais.

Eu ia frequentar uma escola nova. Não a minha escola da vida inteira, nem a temporária onde eu tinha passado os últimos dias em caráter de emergência. Uma escola novinha. Um recomeço.

"Legal", respondeu a Suki, sem muita animação. Ela também ganharia roupas novas, mas ia voltar para o mesmo lugar. Na nossa cidade tinha um monte de escolas de ensino fundamental 1, mas só uma de ensino fundamental 2 e uma de ensino médio.

Nós entramos na Old Navy, e cada uma pegou um carrinho. A Suki me levou até a seção de meninas.

"Começa pelas calcinhas", disse ela. Pegou uma embalagem com sete, conferiu o tamanho e jogou no meu carrinho. "Ei! Deixa eu escolher!" Ela tinha pegado brancas. Eu queria coloridas.

"Beleza. Pega o que você quiser. Um pijama. Duas calças jeans e pelo menos três camisetas. Experimenta as roupas. E compra um pouquinho maior, porque você tá crescendo."

Eu provei umas calças jeans e encontrei uma que me agradou. Novinha. Peguei umas camisetas na arara de promoção. Duzentos dólares era muito dinheiro, mas a Old Navy era cara. Aí vi um moletom com capuz cor-de-rosa e o OLD NAVY da marca escrito em glitter roxo. Não estava em promoção, e agosto não era exatamente época de comprar moletom, mas eu adorava usar moletom de capuz em qualquer época do ano. Era gostosinho sentir a flanela no pescoço, e, quando puxava o capuz, eu podia ver as pessoas, mas ninguém conseguia me ver. Além do mais, eu tinha *200 dólares*. Joguei o moletom no carrinho.

Fui vasculhar a seção de sapatos. Odiava os sapatos que estava usando, mas a Old Navy não tinha muita variedade. Encontrei um par de sandalinhas de plástico do meu tamanho. Custava 6 pratas, e pelo menos não tinha sido usado por ninguém.

"Della!", chamou a Suki, de outro canto da loja. "Corre aqui, rápido!"

Corri. A Suki estava parada bem no meio da loja, do lado de um expositor com uma pilha de sapatos.

Mas não eram sapatos quaisquer. Eram tênis de cano alto e veludo roxo.

Veludo.

Roxo.

Cano alto.

"*Ai*", soltei. Eu nunca tinha visto um sapato tão incrível.

"Leva", disse a Suki, escancarando um sorriso.

"Você também", respondi.

"Não." Ela abanou a mão para mim e riu. "Olha só a diferença entre o seu carrinho e o meu."

O dela tinha calças jeans. Calcinha preta. Meia preta. Top preto, camiseta preta. Rímel e delineador preto. Se vendessem batom preto, a Suki teria comprado. Ela gostava de preto. Eu, não.

O tênis de veludo roxo custava 30 dólares, mais até que o moletom brilhoso. Eu botei no carrinho e dei uma alisada nele, rapidinho. Eu, amanhã, no primeiro dia de aula: calça jeans nova, moletom brilhoso, tênis de cano alto e de veludo roxo. Pela primeira vez na vida, eu ia estar *bonita*.

Somei tudo direitinho, então sabia que o dinheiro dava, mas acabei me esquecendo do imposto, e no Tennessee o imposto é muito alto. O meu total deu 221 dólares.

Pensei em devolver as meias. E as camisetas baratas. Mas eram muito baratinhas, não fazia diferença.

Eu podia trocar o tênis pela sandália de plástico.

A Suki pegou o tênis do balcão do caixa e jogou no carrinho dela.

"Deixa que eu compro."

"Sério?"

"Você tem máquina de lavar?", perguntou ela à Francine, tirando um sutiã e uma camiseta do próprio carrinho.

A Francine fez que sim.

"Então tá ótimo", disse a Suki, e me abraçou. "Eu tenho que cuidar da minha garota. Além do mais, pra que ter mais de dois sutiãs?"

Eu sempre podia contar com a Suki. A Suki resolvia tudo.

Calcei o tênis de veludo e cano alto ali mesmo, na loja. Ia jogar meu sapato xexelento no lixo, mas a Suki me mandou guardar, dizendo que era sempre útil ter um segundo par de sapatos. Nós voltamos para a casa da Francine, e ela pediu pizza para o jantar. Pediu para entregar. Com pepperoni e linguiça. Ela abriu latinhas de refrigerante pra gente. A Suki cortou as etiquetas de todas as nossas roupas, e eu me sentei de frente para a Francine.

Falando sério, ela era uma das mulheres mais feias que eu já tinha visto. Parecia aqueles cachorros de cara amassada e bochechas molengas. E também tinha umas bolotas no rosto. Não estou falando de espinhas. Eram umas saliências do tamanho de espinhas, que mais pareciam uns talos de planta brotando bem na superfície da pele. As bolotas tomavam o rosto inteiro e o pescoço também. Comecei a contar. Cheguei a 36 antes de ela me olhar feio.

"Larga mão disso", resmungou ela. "Isso se chama acrocórdon. Não é câncer, não é contagioso, e dói se arrancar."

"Mas e se *estourar*?", indaguei.

"Se estourar, vão nascer uns monstrinhos que vão te atacar no meio da noite e causar uma comichão infinita. Então, melhor que isso não aconteça."

Quando a pizza chegou, a Francine largou a caixa em cima da mesa e distribuiu pratinhos de papel.

"Eu acolho crianças por causa do dinheiro", disse ela.

Não me incomodei. Era bom saber em que terreno a gente estava pisando.

"Só acolho meninas", explicou ela. "De preferência já com idade pra resolver as próprias coisas. Duas por vez, quando dá." Ela apagou a guimba do cigarro no cantinho do prato. "Eu morava com uma amiga, mas é um sorvete quando a outra pessoa não paga direitinho a parte dela. Daí pensei que precisava de umas amigas que tivessem as contas pagas pelo governo, que ia ser mais fácil. E geralmente é." Ela acendeu outro cigarro. "Vocês vão ajuizar? Entrar com um processo?"

A Suki fez que sim com a cabeça. Depois se inclinou e puxou em cigarro do maço da Francine. A Francine deu um tapa na mão dela.

"Não. Você é menor. Eu não contribuo pra delinquência juvenil. Além do mais, é melhor nem começar, confie em mim. Eu queria não ter começado. Enfim. Vocês já têm roupas, e nós vamos resolver a história do computador da escola. De que mais vocês precisam?"

"Celular", respondeu a Suki. O Clifton tinha destruído o dela. Que ainda por cima era novinho. O Clifton não tinha nem acabado de pagar.

A Francine negou com a cabeça.

"Isso não é problema meu. Se quiserem celular, arrumem um emprego."

"A Della tem 10 anos", disse a Suki. "Não pode trabalhar."

A Francine deu de ombros.

"Pois é, tem 10 anos. Não precisa de celular. Nem você. Eu tenho um telefone fixo na sala. Vocês podem usar."

"Sério?" A Suki parecia irritada.

"A gente precisava do celular da Suki, sim", rebati.

A Francine e a Suki olharam para mim.

"Não se preocupem", disse a Francine. "Vocês estão seguras aqui."

A Suki riu.

"Ah, tá. *Sei*."

Nós jogamos os pratinhos de papel e a caixa da pizza no lixo, e o jantar acabou. A Francine ligou a tv e se largou na poltrona reclinável. Eu e a Suki nos sentamos no sofá.

"Você viu a Teena hoje?", perguntei à Suki.

Ela grunhiu.

"Não. Para de perguntar."

"Devia ter visto", respondi. "A menos que ela esteja doente ou sei lá."

A Teena era da turma da Suki.

"Não vi", repetiu a Suki.

A mãe da Teena tinha chamado a polícia por causa da gente — o que não me deixou muito feliz, mas tudo bem.

"A Teena é nossa melhor amiga", expliquei para a Francine. "É tipo minha outra irmã." Eu me virei para a Suki. "Não foi culpa dela."

A Suki se levantou com um pinote.

"Hora de dormir."

"Suki", rebati. "São só..."

Ela me agarrou pelo braço. *Pra cama.*"

"Tem um despertador no quarto de vocês", disse a Francine. "Podem acordar a hora que acharem melhor. Della, amanhã eu te levo pra escola de carro. Depois, você vai de ônibus."

Vesti meu pijama novinho. Nunca tinha tido um pijama novo. Estava meio amassado.

"Escova os dentes", disse a Suki.

Revirei os olhos para ela. Eu sempre escovava os dentes.

"E desembaraça o cabelo", completou ela.

"Você não manda em mim", devolvi. Era uma piada interna nossa, porque era *óbvio* que ela mandava em mim.

Quando saí do banheiro, de dente escovado e cabelo desembaraçado, na medida do possível, a Suki já estava debaixo do cobertor, na cama de cima do beliche. Eu subi também e me encolhi ao lado dela. "Tá muito cedo pra dormir", falei.

"Mal não vai fazer", respondeu a Suki.

Ela ergueu a mão espalmada. Encostei meu mindinho esquerdo no polegar dela e meu polegar no mindinho dela. Nós duas fomos subindo com as mãos pelo ar, mindinho e polegar, polegar e mindinho, até onde dava. A Suki tinha me ensinado a fazer isso e cantar a musiquinha da Dona Aranha, mas já fazia muito tempo que a gente não cantava. Quando as nossas mãos chegavam lá no alto, a gente descia de novo.

"Esquinemarinque, dinque, dinque, esquinemarinque, dinque dinquê", cantou a Suki. "Eu amo você."

Eu me juntei a ela.

Esquinemarinque, dinque, dinque, esquinemarinque, dinque dinquê. Eu amo você.

Te amo de manhã, e quando a tarde vem. Te amo à noitinha, quando a lua vem também.

Esquinemarinque, dinque, dinque, esquinemarinque, dinque dinquê.

Eu amo você.

O carro da mãe da Teena tinha um troço chamado toca-fitas. A pessoa botava lá dentro um cartuchinho de plástico chamado fita cassete e ele tocava música. A mãe da Teena tinha arrumado sei lá onde uma fita cassete com várias musiquinhas infantis bobocas, e só botava essa fita para tocar, já que era a única que tinha. Ela não passeava muito com a gente — mesmo assim, quando o carro dela quebrou, a gente já sabia de cor todas as músicas, a Suki, a Teena e eu. A Suki cantava "Esquinemarinque" para mim antes de dormir desde sempre.

Ainda não tinha escurecido, mas a Suki fechou as cortinas e o quarto foi invadido pelas sombras. Afundei a cabeça no ombro da minha irmã. A cama não era familiar e o pijama novo pinicava, mas a Suki era a mesma de sempre.

Naquela primeira noite na casa da Francine, nós duas dormimos de mãos dadas.

03

A Suki não dormiu a noite toda. Passou metade do tempo se remexendo na cama, ajeitando o travesseiro, virando de barriga para cima, para baixo, para cima de novo. Eu acordei com isso umas dez vezes. Ela enfim se acomodou, e dormíamos pesado quando o despertador da Francine tocou.

Pulei da cama, mas não soube desligar o alarme. Dei uns tapas em uns botões. Os números do relógio começaram a piscar, mas o alarme não parou. Dei mais uns tapas. Nada aconteceu.

A Suki brotou atrás de mim. Apertou um botão, o barulho parou e o relógio voltou ao normal.

"Se liga, Della."

"Bom dia pra você também." Eu adorava quando ela acordava assim.

Na cozinha, a Francine serviu cereal com passas pra gente. Falou que era o único cereal que tinha em casa e também que, depois daquele dia, nós começaríamos a tomar café da manhã na escola, já que as crianças de lar temporário tinham direito a café da manhã e almoço grátis.

"Almoço quentinho?", perguntei.

A gente nunca tinha ganhado almoço, mas o Clifton também não costumava nos dar dinheiro para almoçar na escola — por outro lado, se desse, a Suki não ia querer gastar almoçando na escola. A gente levava nosso próprio almoço. Em geral, sanduíche de pasta de amendoim. Às vezes, batatinhas.

"Eu não quero almoçar na escola", disse a Suki. "Nem tomar café."

"Suki!"

Eu achava que seria interessante comer na escola. O café da manhã da escola sempre parecia apetitoso... Tinha bolinho, suco, essas coisas.

"Sempre preparei o café da manhã e o almoço da Della", disse a Suki à Francine. "Dou comida pra ela. Não vejo por que você não pode fazer o mesmo por nós."

A Francine deu de ombros.

"Eu vou dar comida o suficiente pra vocês. Mas, já que o Estado tá me oferecendo um benefício, não vou recusar."

A Suki saiu para a escola pisando firme, ainda resmungando. A Francine serviu outra xícara de café para si mesma.

"Tem certeza de que não precisa de material escolar? A gente pode passar rapidinho no Walmart."

"Não."

As professoras sempre davam um jeito de me arrumar tudo que era realmente necessário. A maioria das crianças da minha antiga escola não tinha dinheiro para o material escolar. As professoras estavam acostumadas.

No carro, a caminho da escola, perguntei:

"Então... mãe de acolhimento. Isso quer dizer que você é tipo minha mãe perante a lei?"

Eu e a Suki agora tínhamos advogados.

A Francine me encarou.

"É meio complicado. O Clifton nunca foi nada de vocês, em termos legais..."

"Credo", respondi. "Disso eu sabia."

"E a sua mãe deveria ter perdido a guarda de vocês assim que foi condenada a um tempo longo de prisão, mas na verdade nada disso aconteceu. Os assistentes sociais estão arrumando tutores nomeados pelo Estado pra você e pra Suki. Até que isso aconteça, não tenho muito o que fazer." Ela olhou para mim outra vez. "Mas não tem problema", acrescentou. "Você vai ser bem cuidada."

"Eu sei. Eu tenho a Suki."

"Mas a Suki também não tem a sua guarda legal", devolveu a Francine. "Ela não é nem emancipada. Só tem 16 anos."

Aquilo não queria dizer nada. A Suki ainda era a dona do meu mundo.

"Quantas crianças você já acolheu?", perguntei.

"Seis."

"O que aconteceu com elas?"

Ela nem pestanejou.

"Não é da sua conta. A história de cada um pertence a cada um."

Refleti por um instante.

"Ok. Qual é o seu superpoder?" A Teena dizia que todo mundo tinha pelo menos um.

A Francine batucou as mãos no volante.

"Eu trabalho com idiotas todo dia, o dia todo, e não perco as estribeiras", respondeu ela. "Considerando alguns dos meus clientes e colegas de trabalho, é um milagre diário." Ela deu outra golada no café. "Qual é o seu?"

"Eu não aturo sorvete de ninguém."

A Francine soltou uma bufada. Café saiu pelo nariz dela.

"Sorvete!" Ela não estava braba, e sim rindo. "Pegue aqueles guardanapos de papel ali no chão, por favor?"

Eu peguei. A Francine limpou o volante. Jogou os guardanapos sujos de volta no chão do carro.

"E qual é o superpoder da Suki?", perguntou ela.

"Ela sabe ficar invisível."

A escola nova era grande, toda de tijolinhos aparentes e meio detonada, igualzinha à antiga. O guarda na porta sorriu para mim. A diretora se apresentou — como dra. Penny — e apertou minha mão.

Minha nova professora, a sra. Davonte, não apertou. Nem sorriu. Não parecia nada contente em me ver.

"Não sei se dá para encaixar mais uma carteira na sala", disse ela logo de cara.

Como se a culpa fosse minha. A turma toda olhou para mim. Ninguém sorriu.

"Eu posso sentar no chão", respondi.

"Perto da lata de lixo", soltou um garoto de pele branca, rosto sardento e cabelo castanho, que estava sentado na fileira da frente. Falou bem alto para que eu ouvisse. Os garotos perto dele soltaram uma risadinha.

"Primeira advertência do dia, Trevor", disse a sra. Davonte. "E são só oito da manhã." Ela caminhou até a lousa e fez uma marca embaixo do nome TREVOR, que estava escrito bem no cantinho. O Trevor suspirou, revirou os olhos e resmungou alguma coisa. "Como é que é?", perguntou a sra. Davonte.

"Nada", respondeu o Trevor.

"*Hein?*", insistiu a sra. Davonte.

"Nada, senhora", repetiu o Trevor.

A sra. Davonte se virou para mim, como se tivesse se esquecido da minha presença. Mandou alguém procurar o zelador para arrumar outra carteira. Encarou os papéis que a diretora tinha entregado, franziu a testa e olhou de volta para mim.

Eu sabia o que ela estava pensando.

"Eu prefiro *Della*", falei.

Ela assentiu.

"Ótimo."

E me apresentou para a turma como Della, não Delicious. Não me fez dizer mais nada, e fiquei grata por isso. O zelador trouxe uma carteira para mim. A sra. Davonte fez todo mundo da fileira do Trevor chegar para trás, menos o Trevor, e me encaixou no espaço atrás dele.

"Por que não posso chegar pra trás também?", indagou o Trevor. "Bota a garota nova na frente."

"Não, senhor", disse a sra. Davonte.

Depois ela disse que ia me passar um teste de matemática. Não esperava que eu me saísse bem, mas queria que eu fizesse para ter uma ideia do que eu sabia.

"Você tem um lápis, Della?"

Eu neguei com a cabeça. Ela correu os olhos pelo meu casaco de capuz com glitter, minha calça jeans e meu tênis roxo de cano alto, reparando na total ausência de mochila ou material escolar. Quando voltou a olhar meu rosto, sua expressão havia mudado. Tipo, *menina, era bom você ter comprado um lápis com esse tênis novo.*

Revirei os olhos.

"A minha mãe falou que na escola ia ter um monte de lápis pra eu usar."

A minha mãe não tinha sequer me botado na escola — foi o Clifton —, muito menos falado qualquer coisa sobre lápis ou se preocupado com meu material escolar. Mas a turma toda estava esperando para ver se eu aguentava o tranco sem perder a pose, e eu precisava deixar claro que sim. Tal como aquele moleque, o Trevor, que deixava claro que não dava a mínima para o número de advertências assinaladas pela sra. Davonte. A gente tem que manter a firmeza desde o início.

04

A sra. Davonte me arrumou um lápis. Disse que era para eu devolver no fim do dia. Tanto faz. Eu li o teste de matemática e rabisquei uns números. Não sabia nenhuma resposta. Não sabia nem se já tinha aprendido alguma daquelas coisas. Às vezes simplesmente não consigo guardar o que os professores ensinam, como aconteceu hoje: com a sensação de que toda a turma ainda me encarava, não havia espaço para matemática na minha cabeça. Eu tinha a esperança de que meu tênis novo fosse ser mais útil.

O Trevor se virou para mim.

"Legal seu tênis."

Eu não sabia se era sério.

"Valeu."

"Pena que você fica tão feia com ele."

Até parece.

"Trevor, você está conversando durante a prova?", perguntou a sra. Davonte.

"Não, senhora. Foi a garota nova que me fez uma pergunta."

"Em silêncio, Della, por favor", disse a sra. Davonte. "Se quiser perguntar alguma coisa, levante a mão e fale comigo."

Eu levantei a mão. A sra. Davonte assentiu.

"Por que é que eu tenho que ficar sentada atrás desse sorveteiro?", perguntei.

A turma toda explodiu em gargalhadas. A sra. Davonte ficou petrificada. Depois de voltar ao normal, ela disse:

"Não começamos bem, Della. Na minha aula ninguém usa esse tipo de linguajar."

Que mentira. Eu tinha acabado de usar.

A sra. Davonte pediu que passássemos nossas folhas de teste para a frente.

"Por que você fez isso?", sussurrou a menina ao meu lado.

"Ele é um babaca", respondi, apontando para o Trevor com a cabeça.

"É só ignorar. Todo mundo ignora."

Virei minha folha para baixo e a passei para a frente. O Trevor a tomou da minha mão e a virou de volta para cima. Arregalou os olhos.

"Mas que burra!"

Melhor burra que sorveteiro. Tentei não rebater em voz alta — mas teria rebatido se a sra. Davonte não tivesse falado primeiro.

"*Segunda* advertência, Trevor." Ela fez outra marca na lousa, debaixo do nome dele. "Mais uma, e você fica sem recreio."

O Trevor me encarou.

"Ela me chamou de sorveteiro e se safou!"

Mais gargalhadas. A palavra *sorveteiro* é simplesmente hilária.

"Terceira." A sra. Davonte fez mais uma marca.

Ainda não eram nem nove da manhã, e fiquei pensando como ela faria para ameaçar o Trevor durante o resto do dia. Tipo, três advertências é o limite, não é?

Além do mais, eu me senti meio mal. Afinal de contas, uma das advertências deveria ser minha por direito. Eu tinha chamado o Trevor de sorveteiro na caradura e não arrumei problema por causa disso. Não era justo. A turma toda sabia, e eu também.

Respirei fundo e levantei a mão.

"Sra. Davonte..."

"Cada aluno desta turma é responsável pelo próprio comportamento, Della", disse a sra. Davonte. "Eu te dei um desconto porque você ainda não conhece as nossas regras. Trevor, será que preciso ligar para a sua mãe? Outra vez? Faz só três semanas que as aulas começaram."

O Trevor fechou a cara. Por baixo da careta, pensei ver certo medo.

"Preciso?", repetiu a sra. Davonte.

"Não", respondeu o Trevor. Cruzou os braços sobre a carteira e apoiou a cabeça neles. Passou o resto da manhã sem se mexer, nem uma vezinha.

"Só o Trevor leva advertência", sussurrou a menina atrás de mim. "O resto do pessoal no máximo ouve uns gritos."

Eu quis responder, fazer um comentário amigável, mas não soube o que dizer. Além do mais, era melhor ficar quieta. Eu já tinha falado demais para a primeira manhã. Não queria ver meu nome escrito na lousa.

A Suki tinha amigos na escola, mas nunca convidava ninguém para vir à nossa casa. A única amiga que eu tinha era a Teena. Tive outra durante um tempinho, quando era menor. O nome dela era Joana, mas gostava de ser chamada de Joaninha. Era legal e engraçada, até o dia em que contei, na hora do recreio, que minha mãe fazia metanfetamina. A gente devia estar no jardim de infância, mas não me lembro direito.

"O que é isso?", perguntou ela, franzindo o nariz.

A Joaninha era negra. Usava o cabelo cheio de trancinhas, com miçangas coloridas presas nelas. Eu amava aquelas trancinhas.

"Metanfetamina, sabe?", respondi. "Parece açúcar. Só que a pessoa fica meio esquisita quando usa, e às vezes o quarto explode."

Ela assentiu, e a gente continuou brincando, mas na manhã seguinte chegou perto de mim com os olhos arregalados e falou que estava proibida de conversar comigo. E não conversou mais mesmo. Quando parou de falar comigo, várias outras garotas pararam também.

Fui perguntar à Suki o que eu tinha feito de errado.

"Você não pode falar pras pessoas sobre a metanfetamina", explicou ela. "Nem sobre a mamãe, o Clifton, nada disso."

Ela fez uma lista dos assuntos proibidos: Mamãe. Clifton. (*Especialmente o Clifton.* Que ele sumia quase a semana inteira, que não era nosso parente.) Metanfetamina. Prisão. Quem eram os nossos pais, o que eram e onde estavam. Nada disso.

Tentei reconquistar a Joaninha. Eu me sentava ao lado dela no recreio. Ficava atrás dela na fila do banheiro. Fazia umas caretas bobas. Cutucava, gargalhava. As pessoas costumam gostar de crianças engraçadas. A Joaninha passou uns dias me ignorando. Até que a professora me puxou num canto e disse, bem baixinho, que a mãe da Joaninha tinha ligado para a escola e pedido que eu me afastasse dela.

Eu não tinha uma mãe que pudesse ligar para a escola e me defender. E não era como se minha mãe pudesse fazer alguma maldade com a Joaninha, não estando lá na prisão, por isso eu não entendia o motivo de tanta preocupação. Mas a mãe dela estava preocupada.

Teve outra vez, uns anos depois, em que fui convidada para uma festa de aniversário. Um convite de verdade, impresso no papel. Levei o convite para casa. A Suki disse que não dava, mas eu queria muito ir, então guardei o convite e no fim de semana pedi ao Clifton.

"Claro que pode ir", respondeu ele. Era sexta-feira à noite, ele tinha acabado de chegar em casa. O Clifton sorriu e eu sorri de volta, feliz, mesmo sabendo que a Suki ia me olhar feio.

Na manhã seguinte, fui me arrumar para a festa. E disse ao Clifton que estava na hora.

"Não vou te levar, menina", disse ele. "Eu falei que você podia ir à festa. Mas não vou te levar."

Era muito longe para ir andando. Voltei para o quarto e chorei.

A Suki ficou braba, perguntou o que eu tinha achado que ia acontecer e disse que era melhor eu me ligar. No dia seguinte, a dona da festa perguntou por que eu não tinha aparecido. Eu falei que não tinha interesse naquele tipo de sorvete.

Fiquei seis anos naquela escola. Conquistei uma reputação bem cedo e fiz jus a ela.

05

Na nossa primeira tarde com a Francine, peguei o ônibus escolar de volta para casa, como ela mandou. A Suki já estava em casa, pois o pessoal mais velho sai da aula antes. Estava no banheiro, retocando o delineador.

"Vou sair pra procurar emprego." Ela largou o delineador e se olhou no espelho.

"E eu vou ver TV", respondi.

"Não", disse a Suki. "Você vai comigo."

Comecei a argumentar, mas pelo olhar dela percebi que não teria jeito. Eu me contentei com a promessa de ganhar uma raspadinha de gelo no caminho de volta caso fosse com ela até o Food City da alameda.

"Da pequena", disse a Suki. "Eu só tenho umas 5 pratas. Talvez nem isso."

Ela tinha acabado de voltar do cinema quando a gente fugiu do Clifton. Não chegou nem a pegar a bolsa, mas o troco do ingresso tinha ficado no bolso.

O Clifton morava numa parte da cidade onde só havia casas — velhas, pequenas e decrépitas, assentadas sobre gramados feios. Era tão longe que os ônibus não se davam ao trabalho de ir até lá, e era impossível circular a pé. Para ir a uma loja que fosse, a gente precisava de um carro. Entre outras coisas, isso significava que a Suki nunca tinha conseguido arrumar um emprego.

Ele dirigia um caminhão articulado e passava quase toda a semana fora. Tinha um carro velho e surrado que ficava estacionado nos fundos, para quando estava em casa. Nos últimos dois anos, a Suki às vezes pegava o carro emprestado caso fosse supernecessário a gente ir a algum lugar, mas tomava cuidado para não gastar muita gasolina e nem ser vista pelos vizinhos. Depois que tirou a carteira de motorista, às vezes pegava o carro da mãe da Teena emprestado, e ela cobrava 5 pratas para a gasolina, então a Suki não podia fazer isso toda hora.

A casa da Francine era bem mais perto do centro da cidade que a do Clifton. Se a gente andasse num sentido, chegava à rua principal, e se andasse para o outro lado dava numa pequena galeria comercial ao ar livre, onde havia um mercadinho — o Food City — e várias outras lojas.

Nós caminhamos em direção à galeria. A Suki parou literalmente em todos os lugares que talvez pudessem contratá-la. Uma lavanderia. Um campinho de minigolfe. Um KFC. Ela me mandava esperar do lado de fora, longe da vista das vitrines.

"Não quero que o gerente pense que eu vou ficar trazendo criança pro trabalho."

"Então por que me trouxe agora?" Eu já tinha idade para ficar em casa sozinha. Já ficava havia anos.

"Não quero que a gente corra riscos", respondeu a Suki.

"Mas a gente..."

"Não mais."

Atravessamos uma rua movimentada. A Suki preencheu formulários de emprego na Lowe, na Long John Silver e numa loja de videogames. Preencheu formulário na Dairy Queen. Na Little Caesars Pizza. No Food City, o tal mercadinho.

Aí voltamos para casa por outro caminho e ela preencheu mais formulários no Big Lots, no Walgreens, em outra pizzaria e no Sonic. Depois disso, comprou minha raspadinha. Sabor limão atômico. Nós nos sentamos num banquinho do lado de fora do Sonic e dividimos o refresco.

"Como foi na escola?", perguntou ela.

Eu dei de ombros.

"Legal."

"Legal de *legal*, ou legal de caído, porém não péssimo?"

Eu sorri.

"Caído, porém não péssimo. O garoto da minha frente não gosta de mim."

"Fica longe dele, se puder."

"Foi o que a garota do meu lado falou."

A Suki concordou com a cabeça.

"Se não der pra ficar longe, dá um *presta atenção* nele. Não é pra levar..."

"Sorvete de ninguém", completei.

A garota do meu lado se chamava Nevaeh. Igual ao meu nome do meio. A sra. Davonte a chamou assim. A garota tinha passado o dia todo sem falar comigo. Fiquei o recreio e o almoço sozinha. Todo mundo se afastou.

"O que a gente pode contar agora?", perguntei à Suki.

Ela fez cara de espanto.

"Por que a pergunta?"

"Tipo... A gente não precisa mais guardar segredo sobre o Clifton. Né?"

Ela deu de ombros.

"Não quero falar dele nunca mais."

Se as pessoas soubessem que eu e a Suki na verdade não éramos do Clifton, ele não poderia ter ficado com a gente. Foi isso que ele disse. A gente não teria tido uma casa onde morar. Nem comida para comer. A gente teria ficado na rua, que era um péssimo lugar para duas garotinhas, ainda mais garotinhas bonitas feito eu e a Suki.

Só que, no fim das contas, nada daquilo era verdade. A gente *tinha* escapado do Clifton, e a gente *não* estava na rua. Na semana anterior, ficamos com aquela bruxa do lar temporário — era uma velha má, mas deu comida e uma cama pra gente. E agora tínhamos a Francine, que era feia, mas até então bem razoável.

Dei um belo gole na raspadinha. De tão gelada, congelou meu céu da boca e o cérebro todo, e na mesma hora senti uma dor de cabeça. Depois dei outro golinho, bem pequeno, como a Suki tinha me ensinado. A dor de cabeça foi embora.

"A gente devia ter dedurado o Clifton há muito tempo já", falei.

A Suki observava o trânsito da estrada movimentada.

"Não bota isso na minha conta", respondeu ela, erguendo a voz. Em um segundo, foi de alegre a irritada. Não entendi o porquê.

"Eu só falei que..."

"Sabe como ele me ameaçava? 'Se contar a alguém', ele dizia, 'você nunca mais vai ver a sua irmãzinha de novo'."

"Que sorvete, Suki..."

"Sabe aquele lugar no caminho da sua antiga escola, do lado direito, perto da igreja luterana?"

"Não..."

"É uma casa de acolhimento. E é pra garotas rejeitadas por todos os lares temporários. O Clifton apontava praquela casa toda vez que a gente passava por lá."

"Ah, sei", respondi, recordando. Ele dizia "Olha lá a prisão das meninas delinquentes", e a Suki sempre estremecia, se encolhia e ficava quieta.

Minha irmã assentiu.

"Ele falava que, se alguém descobrisse o que a gente estava fazendo, você ia pra um lar temporário, e eu ia morar naquela casa de acolhimento. E a gente nunca mais ia se ver."

A voz dela às vezes perdia totalmente o tom, feito uma poça d'água congelada.

"Um dia eu liguei pra lá", continuou ela. "Perguntei quem morava ali. Falaram que eram meninas entre 13 e 18 anos que não se encaixavam em lares temporários. Foi quando eu soube que essa parte era verdade."

"Mas o resto não era", completei. O Clifton era um mentiroso e um maldito de um sorveteiro. Afinal de contas, a gente tinha provas. Por isso ele ainda estava preso. Sem fiança.

A Suki concordou.

"Eu vou fazer aquele vídeo, e ele vai ficar preso", eu disse. O nosso advogado falou que eles iam me filmar contando direitinho o que tinha acontecido, explicando exatamente o que as evidências mostravam. Quando o Clifton finalmente fosse a julgamento — a vez dele não chegava nunca —, passariam o vídeo para que eu não tivesse que me sentar diante dele e falar coisas difíceis pessoalmente, com ele me encarando.

"Pois é", disse a Suki. "Todo mundo sabe o que ele fez com você."

Ela não quis dizer *todo mundo* de verdade. Não era como se a gente tivesse aparecido no noticiário nacional. Não era como se a gente tivesse contado para alguém da escola. Eu não faria isso, jamais. A Suki estava falando de policiais, advogados, assistentes sociais e tal.

Do nada, ela se levantou e começou a correr pela rua.

"Ei!" Eu corri atrás dela. Quando a alcancei, agarrei-a pelo braço. "O que foi?"

A Suki arrancou a raspadinha da minha mão e a arremessou na rua. O restinho do limão atômico explodiu no meio da calçada. Um cara passou de carro, buzinou e gritou uma grosseria.

"Ei", repeti, só que baixinho.

Ela reduziu o passo a uma caminhada rápida. Tinha o rosto duro feito pedra, mas lágrimas escorriam pelas bochechas.

"Suki?" Corri atrás dela outra vez e agarrei seu braço de novo. "Tá tudo bem agora."

Ela olhou para mim.

"Você tá bem. Foi mal pela raspadinha."

Eu enrosquei meu dedo mindinho no dela.

"Foi você que pagou."

Eu devia ter imaginado, sabe? Eu devia ter imaginado as partes da história que não tinham a ver comigo. Eu devia ter imaginado o que havia acontecido com a Suki.

Aprendi que sobre algumas coisas é quase impossível falar, pois ninguém quer saber.

Nem mesmo eu.

Esta é a primeira coisa difícil que vou contar. Talvez ainda não pareça difícil, mas é praticamente a mais difícil de todas.

Às vezes a gente tem uma história e precisa reunir coragem para contá-la.

Quando a Suki e eu voltamos, a Francine estava em casa.

"Da próxima vez que forem sair, me mandem uma mensagem pra eu saber onde vocês estão", disse ela.

A Suki olhou torto para ela.

"Como? Com o telefone fixo?"

A Francine riu, como se a Suki estivesse tentando fazer graça.

"Desculpa. Deixem um bilhete, então. Pode ser? Preciso ficar de olho em vocês."

"Assim que eu arrumar um emprego e tiver um salário, vou comprar um celular", disse a Suki. "Depois vou comprar um pra Della."

A Francine abanou a mão.

"Criança não precisa de celular."

"Ela precisa ter como me telefonar caso tenha algum problema."

"Que tipo de problema essa menina pode ter?"

"Você tá prestando atenção em alguma coisa, por acaso?"

A Francine disparou um olhar para a Suki.

"Se ela tiver algum problema, vão ligar pra mim. É assim que funciona. Se eu começar a gastar meu tempo livre resgatando vocês de confusão, suas sorvetinhas, vocês vão é morar noutro lugar. Então talvez seja bom não causarem problemas."

"Nada disso foi culpa dela", devolveu a Suki. "Que sorvete."

"Não foi culpa dela. Também não foi culpa sua. Não estou falando isso. Estou falando do que vocês vão fazer daqui pra frente."

Eu posso até arrumar confusão — mas, se eu arrumar, é a Suki quem vai me resgatar. Sempre foi. Ela escapou dos problemas comigo, me pegou pela mão e me levou para bem longe.

Eu não preciso de ninguém além da Suki.

"De repente a gente consegue arrumar um celular pra ela com o governo", disse a Suki.

Quando as pessoas não têm dinheiro para comprar celular, o governo fornece um. Não tem espaço para armazenamento de dados nem muitos minutos para ligações, mas dá para chamar a polícia. A mãe da Teena já teve um desses. Era melhor que nada.

A Francine revirou os olhos.

"O governo não dá celular pra criança. A falta de um celular não é essa tragédia toda que vocês estão achando."

"Você podia se inscrever pra ganhar um, daí você dá pra Della."

"Você acha que eu sou uma pobretona? Eu não cumpro os requisitos pra ganhar um celular do governo. Tenho um emprego de verdade. Ganho mais de um salário mínimo."

"É verdade", retrucou a Suki. "Você tá ganhando a maior grana pra cuidar da gente."

Ela tinha pesquisado no computador da escola. Era uma tonelada de dinheiro. Tipo, não dá para acreditar que o estado do Tennessee forneça tanto dinheiro só para alguém dar abrigo a mim e à Suki. Com aquela dinheirama toda, a gente poderia morar sozinhas, numa boa. E moraria.

"Eu ganho dinheiro com vocês, mas *também* com o meu trabalho", respondeu a Francine.

"No dia em que eu fizer 18 anos, a gente dá o fora daqui", disse a Suki. "Eu e a Della. Vou conseguir a guarda dela, e a gente vai morar sozinhas."

"Beleza", respondeu a Francine. "Falta quanto pra isso? Um ano e meio?"

A Suki a fuzilou com o olhar.

"Dezessete meses e três semanas."

A Francine não pareceu ofendida.

"Tudo bem. Tá chegando."

Quando a Francine dizia aquele tipo de coisa, toda calma e compreensiva, parecia estar do nosso lado. A mãe da Teena... Eu sempre achei que ela estivesse do nosso lado, mas já não tinha tanta certeza. Ela chamou a polícia, mesmo com a Suki implorando para não chamar. Ela não deixou a gente ficar lá com ela. E aquela mulher do lar temporário emergencial, a quem a polícia nos entregou, não passava de uma asquerosa.

A gente estava na delegacia sendo entrevistadas. Já passava da meia-noite. Eu estava tão cansada que mal conseguia manter a cabeça em pé, mesmo com a Suki ao meu lado, tensa e trêmula. Perguntei se a gente podia dormir na cadeia. A policial falou que não, que tinha gente de prontidão para acolher as crianças e que uma pessoa já estava a caminho. Falou de um jeitinho bacana, como se a gente fosse ficar com uma velhinha doce e sorridente, tipo as da TV, que nos daria cobertas quentinhas e serviria uns biscoitos. Em vez disso, arrumamos uma branquela acabada, cheia de maquiagem para aquela hora da noite, mascando bala de menta para disfarçar o bafo de cerveja.

"São elas?", disse a mulher. "Trouxeram alguma coisa?"

Nós negamos com a cabeça. Não tínhamos pegado nem a bolsa da Suki. Eu não estava nem de sapato.

Aquela mulher — esqueci o nome dela, pois na verdade não dou a mínima — tinha filhos, marido e uma casinha simpática, e eles tinham transformado a garagem numa espécie de quarto extra para acolher crianças em caráter de emergência, com três camas de solteiro e um berço, talvez para o caso de precisarem abrigar um bebê no meio da noite. (Quem é que faz isso? Quem é que abandona um bebê de madrugada? Mas a Suki diz que a nossa mãe poderia ter feito algo assim. Era só questão de sorte e momento.)

Nós nos enroscamos juntas numa das camas, abraçadas, eu percebendo o queixo da Suki batendo de frio encostado na minha cabeça. Eu me senti mais segura que na casa do Clifton, o que não era grande coisa. A Suki e eu sempre dormimos bem juntinhas. Também havia duas camas na casa do Clifton, mas a gente usava uma só.

Na manhã seguinte, quando nos viu na mesma cama, a mulher deu um chilique. Começou a gritar que aquilo não era certo, como se estivéssemos usando a cama para outra coisa além de dormir.

"Eles me contaram o tipo de queixa que vocês deram", disse ela.

Não entendi do que ela estava falando, pelo menos não de imediato. A Suki ficou enfurecida.

"Então você sabe que a minha *irmãzinha* precisava de *proteção*."

"Como é que vou saber o que é verdade?", devolveu a asquerosa.

Foi assim que comecei a entender que seria muito difícil falar sobre o que tinha acontecido com a gente — e não apenas porque eu não queria ou não sabia como. Seria difícil falar sobre aquilo porque as pessoas não iam querer ouvir.

Eu não tinha dito uma única palavra àquela mulher, nem na noite anterior. Mas, naquele momento, soltei uma: "Sorveteira." Só que não foi *sorveteira*, claro; talvez tenha sido uma que rima com *truta*.

Aí a coisa desandou. Ela não podia mandar a gente para a escola, porque eu não tinha sapato, e ela não queria gastar dinheiro comprando sapato para mim, mas, por outro lado, também não podia esperar que eu aparecesse na escola — ou, mais tarde, no tribunal — descalça.

"No centro da cidade tem um brechó com roupas para doação", disse a Suki, por fim. A mulher até devia conhecer, mas acho que quem tem casa própria, carros bacanas e filhos que comem cereal de marca boa e sobem no ônibus escolar com mochilas chiques e personalizadas não precisa usar as roupas que os outros jogam fora.

A Teena ia com a mãe dela ao brechó de doações a cada dois meses — existe um limite de frequência —, e elas costumavam levar a gente. O brechó é um barracão gigante sem janelas, com fedor de meia velha e lotado de roupas surradas, como já seria de esperar. Quem toma conta é um povo da igreja, que fala coisas do tipo "Tenha um dia abençoado" e olha pra gente com cara de dó. O povo da igreja se veste bem. Eles mesmos não usam as roupas do brechó de doações.

Enfim, nós explicamos onde ficava o brechó à asquerosa do lar temporário emergencial. Ela levou a gente até lá, e eu encontrei um par de tênis velho que me deu arrepios, porque odeio usar sapato dos outros. Foi ele que eu escondi assim que comprei meu tênis de cano longo. Daí fui para a escola — que não era a minha escola, nem a que estou frequentando agora; era outra escola. Isso supostamente evitaria que eu me sentisse tão mal por ter fugido do Clifton ou, sei lá, de repente aquela mulher só não quisesse se dar ao trabalho de me levar de carro até o outro lado da cidade.

Uma escola totalmente nova por apenas três dias e já dá para imaginar como foi. Entrei na sala de aula, vestindo roupas velhas e sapatos usados, e a professora pareceu não acreditar que tinha ganhado uma aluna nova em plena sexta-feira, meia hora antes do recreio.

"Esta é a aluna nova, a Delicious!", disse ela, antes que eu pudesse abrir a boca.

"Podem me chamar de Della", respondi, mas ninguém ouviu, de tão alto que explodiram as risadas. Foi nessa hora que o tal garoto tentou me lamber, e eu dei um chute nele, e o dia meio que degringolou ladeira abaixo.

Quer saber? A Francine é um grande avanço.

07

Nós fugimos do Clifton numa quinta-feira à noite — ou seja, quando cheguei à escola nova, a escola da Francine, na quarta de manhã, ainda não tinha se passado nem uma semana. Em menos de uma semana, passei por três escolas, meia dúzia de policiais, dois advogados, duas assistentes sociais, a bruxa do lar emergencial e a Francine.

No segundo dia de aula, a Francine não me deu carona. Desci do ônibus com as outras crianças, em meio ao ar denso de agosto, e fui para o refeitório tomar café da manhã. Apesar de faminta, não consegui comer. Tinha peito de frango empanado, cereal, frutas e suco. Um montão de comida. Encarei fixamente a bandeja. Meu estômago roncava. Eu tinha um nó na garganta, não conseguia engolir.

"Ei", disse um garoto ao meu lado, apontando para o meu frango. "Vai comer isso aí?"

Eu neguei com a cabeça.

"Posso pegar?"

Eu tinha pensado em embrulhar num guardanapo para caso me sentisse melhor mais tarde.

"Claro", sussurrei.

"Valeu!" Ele devorou tudo em três mordidas. Pensei em perguntar o nome dele ou dizer o meu, mas, antes que eu conseguisse abrir a boca, ele pulou fora do banco e desapareceu.

O Trevor completou as três advertências às dez da manhã. Foi um avanço em relação ao dia anterior, mas a sra. Davonte não parecia enxergar assim.

"A culpa foi da garota nova", disse o Trevor.

"Ninguém mandou você amarrar o meu cadarço na sua cadeira", retruquei.

Ele tinha feito isso. E eu vi, mas ele não percebeu que eu vi; daí, quando o espertinho resolveu se levantar da cadeira, eu dei um puxão no pé, a cadeira derrapou e ele levou um susto tão grande que caiu no chão.

"Quem foi que amarrou o cadarço do meu tênis na sua cadeira?", berrei. E assim se deu a terceira advertência. E o Trevor ficou sem recreio.

A Nevaeh, a garota sentada ao meu lado, me encarou com os olhos castanhos e gentis.

"Você poderia só ter soltado o cadarço", sussurrou ela.

"Eu não levo sorvete de ninguém."

Ela assentiu. Eu queria saber o que se passava na cabeça dela. Não tinha a menor ideia.

No recreio, não falei com ninguém. Outra vez.

Peguei o ônibus de volta para casa e encontrei a Suki dançando no meio da calçada, com um sorriso do tamanho do céu. Desci do ônibus. Ela me agarrou e girou comigo nos braços.

"O Food City ligou pra mim!", exclamou ela. "Fui contratada!"

"Que ótimo", disse a Francine quando chegou em casa e ouviu a notícia. Meteu nós duas no carro e nos levou outra vez à Old Navy, pois a Suki precisava de uma calça marrom lisa para o uniforme de trabalho. A calça custou 21,94 dólares, já com imposto. Ela teria que comprar também uma blusa do Food City — 20 dólares. "Sem problemas", disse a Francine, pegando a carteira.

"Eu vou te pagar de volta", disse a Suki.

Ela ia começar de imediato. Queriam que comparecesse ao treinamento para o turno longo na sexta-feira à noite, que era o dia seguinte. Das seis da tarde à meia-noite.

"Estão com pouca gente na sexta à noite", explicou ela. "A garotada da escola não quer trabalhar na sexta. No meu formulário, botei que estava disponível."

A Francine concordou com a cabeça.

"A gente dá um jeitinho. Às sextas eu costumo sair com as minhas amigas. Nesta semana vai ter uma banda legal no O'Maillin's. Bluegrass. Mas eu posso ir te buscar à meia-noite. Fica muito tarde pra você voltar a pé. Depois que eu resolver a questão do seguro do carro, a gente troca e você me leva."

"Mas e a Della?", perguntou a Suki.

"O que tem eu?", questionei.

"Ela não pode ficar sozinha", respondeu a Suki.

"Claro que posso. Eu tenho 10 anos."

"Nem pensar."

"Claro que sim! Você já fez isso antes..."

"E olha no que deu..."

"Eu tranco a porta."

"Numa sexta à noite", concluiu a Suki.

Eu não tinha pensado naquilo. A Suki tinha razão. Eu não queria ficar sozinha numa sexta à noite. Eu e a Suki odiávamos as sextas.

A Francine suspirou.

"É por isso que não gosto de acolher crianças de 10 anos. E nem conheço babás."

"babá?" Dá para me imaginar com uma garota de 13 anos paga para ficar de olho em mim? Seria uma beleza. "Eu posso ficar com a Teena."

"*Não*", retrucou a Suki.

Fez-se um silêncio esquisito.

"Elas fizeram a coisa certa", disse a Francine.

"Sei", respondeu a Suki e, pelo tom, eu soube que ela não acreditava naquilo. "De todo modo, a Teena tá de namorado novo."

"Ah, é? Quem?", perguntei. A Suki revirou os olhos e balançou a cabeça.

"Ela pode ir ver a banda comigo", disse a Francine. "Minhas amigas não vão se incomodar."

"Nem vem", devolvi. "Ir pra um bar xexelento com um bando de velhas?"

A Suki suspirou.

"Ela pode ir comigo, eu acho. Ficar sentadinha na área da padaria. Tem umas mesas lá." Ela olhou para mim. "Mas se comporte. A noite toda. Não ouse me causar problemas."

"Você tá de brincadeira, né?"

"Você quem sabe. Ou vai comigo, ou vai com a Francine."

E foi assim que acabei passando seis horas no Food City numa sexta à noite.

08

A Suki me fez ficar plantada na frente do Food City e contar até cem antes de entrar, para ninguém perceber que estávamos juntas. Peguei o dólar que ela tinha deixado comigo e comprei uma Coca-Cola na área da padaria. A mulher negra do outro lado do balcão me olhou torto. Como eu tinha comprado e pagado pelo refrigerante, era permitido ficar sentada ali para consumir, então ela não podia falar nada, mas parecia querer falar um monte. Não sei por quê. Eu estava outra vez usando meu moletom de capuz com glitter, minha calça jeans nova e meu tênis de cano alto e veludo roxo. Estava bonita. Não estava estragando o ambiente.

A Suki tinha deixado comigo uma caneta e um de seus cadernos escolares para que eu me distraísse desenhando. Desenho era coisa da Suki, não minha. A Francine tinha me dado uma revista antiga, com uma princesa na capa. Eu não sabia se princesa era coisa da Francine. Minha não era, com certeza. Peguei a caneta e desenhei um bigodinho e uns chifres na princesa. Dei um gole na Coca-Cola. Precisava que ela durasse bastante.

A loja estava muito mais movimentada do que eu imaginaria. Como o Clifton quase sempre retornava das viagens longas na sexta à noite, deixava as compras de mercado para o sábado. Mas o Food City estava cheio, com gente para todo lado, e todos os caixas estavam abertos.

Foi quando a vi: a garota que se sentava ao meu lado na escola. A Nevaeh. Ela estava passeando pela área da padaria com uma mulher que parecia sua mãe. Eu acenei. Ela veio andando e deslizou pelo banco à minha frente.

"E aí, Della? O que você tá fazendo?"

"Oi, Nevaeh." Mostrei a revista.

"É a princesa Kate."

"Agora não é mais", respondi. Acrescentei sobrancelhas e uns dentões. "O meu nome do meio é Nevaeh."

A Nevaeh fez uma cara engraçada. Pegou a caneta da minha mão e pintou um dente da princesa.

"O meu nome do meio é Joy. Tipo, 'alegria'. Heaven's Joy, 'Alegria do Paraíso'."

Eu pensei um pouco.

"Então devia ser 'Yoj'. Ao contrário também, já que Nevaeh é Heaven ao contrário."

"O seu nome de trás pra frente é Alled", respondeu ela.

"Acho que é. Alled Heaven? Heaven Alled?" Eu tentei falar *Delicious* ao contrário, mas era muito complicado, e além do mais a Nevaeh não precisava saber daquilo.

"Heaven Alled... Parece 'heaven called', ligaram do paraíso", disse a Nevaeh. "Ligaram do paraíso e querem que eu te conte algo."

Não parecia coisa boa.

"O quê?"

Ela sorriu.

"Que dão biscoito aqui na padaria." Ela se levantou e foi até o balcão. Eu fui atrás. A mulher negra deu a ela um biscoito com gotinhas de chocolate, sem dizer uma palavra.

"Eu também quero", falei.

"Quantos anos você tem?", perguntou ela.

No crachá da mulher estava escrito MAYBELLINE. A Suki tinha um rímel com esse nome.

"Dez."

"Só ganha biscoito quem é *menor* de 10", explicou a Maybelline.

"Eu ainda tenho 9", disse a Nevaeh, e deu uma mordida no biscoito. Não me ofereceu nem um pedacinho.

Eu teria feito o mesmo, mas quis que ela dividisse comigo.

A Maybelline suspirou. Meteu a mão dentro do balcão, pegou outro biscoito com gotinhas de chocolate e me entregou.

"Toma. Cadê a sua mãe?"

A Nevaeh olhou para a mãe dela, que estava na seção de hortifrúti pegando umas bananas.

"Não é da sua conta", respondi.

"Melhor não ser mesmo", disse a Maybelline.

Eu e a Nevaeh retornamos à mesa e terminamos nossos biscoitos. Dei a ela um gole da minha Coca-Cola.

"Gostei do seu moletom", disse ela.

"Valeu. É novo."

Ela assentiu.

"Parece mesmo."

Por um lado, eu queria dizer *não costumo usar coisa chique*. Por outro, não queria dizer *eu comprei este casaco novo com o dinheiro que recebi do governo depois de fugir de casa largando tudo para trás*. Então só peguei a lista que a Francine tinha me dado.

"Preciso fazer umas compras."

Os olhinhos da Nevaeh brilharam.

"Você faz compras sozinha? Que demais. Dá pra comprar o que quiser!"

"Sim e não", respondi. "A Francine não é boba." Ela tinha pesquisado no site da loja e me entregado uma lista com o que queria, tudo explicadinho. E pediu para levarmos a nota fiscal.

"Pão de forma da Wonder Bread", tinha dito a Francine. "Eu gosto do da Wonder Bread. Não me compre porcarias baratas, nem vá me chegar em casa com aquela palhaçada de multigrãos."

A Francine comia cereal com passas no café da manhã e sanduíche de mortadela no pão da Wonder Bread no almoço, todo santo dia, com um saquinho de Doritos. Sabor "Cool Ranch".

"Quem é a Francine?", perguntou a Nevaeh.

"A dona com quem eu moro. Eu e minha irmã."

A Nevaeh assentiu. Não fez perguntas, e gostei daquilo.

"Eu gosto mais da casa dela que da anterior. Quer me ajudar nas compras?"

"Ei", disse a Maybelline, quando cruzamos o balcão. "Ei, mocinha! Cadê a sua mãe?"

Talvez ela tenha me pegado desprevenida, ou talvez eu estivesse querendo testar as coisas agora que já não havia o Clifton. Talvez quisesse logo saber se a Nevaeh ia sair correndo feito a Joaninha.

"Na prisão", respondi.

De um jeito ou de outro, a Maybelline calou a boca.

A Nevaeh soltou uma risadinha. Sorri para ela, e nós rumamos para a seção de hortifrúti, com a lista da Francine na minha mão.

A parte mais complicada da lista da Francine era descobrir direitinho em qual gôndola da mercearia cada coisa ficava. A segunda parte mais complicada era entender o que a Francine realmente queria. "Pão da Wonder Bread" parece muito fácil, até a gente perceber que existe pão branco clássico, pão branco clássico pequeno, pão branco gigante. No fim das contas, a resposta certa era pão branco clássico, e eu imaginei certinho, pois tomei por base a quantidade de sanduíches que daria para fazer com aquela embalagem.

"Mortadela da Oscar Meyer". Fatias grossas? Fatias extragrossas? De frango? De porco? De boi? (A resposta certa é de boi, fatias grossas. A parte do boi eu chutei certo — honestamente, quem é que ia querer mortadela de frango? Mas comprei a de fatias extragrossas, porque essa seria a minha escolha. Mas a Francine não me repreendeu por causa disso. Só me explicou, para que eu comprasse certo da próxima vez.)

"Creme para café desnatado, sabor baunilha". Sabe quantos tipos de creme para café existem? Mais do que todo mundo precisa, neste mundo e em qualquer outro. Integral e sem açúcar, desnatado e com açúcar, desnatado e sem açúcar, de tudo que é sabor. Eu e a Nevaeh nos revezamos para encontrar os mais esquisitos — *biscoito de chocolate com menta?* — e fingimos que estávamos bebendo. Gargalhamos com força.

"Eu sinto muito pela sua mãe", disse a Nevaeh, quando acabamos de rir. "Na prisão."

"Pois é", respondi. "Eu também."

"Você a visita?"

Balancei a cabeça.

"Ela teve um surto psicótico. Além do mais, ela tá tipo no Kansas. Coisa assim. Bem longe." Tentei parecer tranquila. Não precisava da compaixão da Nevaeh. "Na verdade, eu não me lembro muito dela. Só me lembro do último dia. Das últimas horas."

"O que aconteceu?"

Respirei fundo. Talvez fosse melhor contar logo a história toda.

"Ela explodiu um quarto de um hotelzinho de beira de estrada."

"*Oi?*"

Ergui a mão.

"Juro."

"Onde é que você estava?"

"Sentada na cama do quarto. Vendo desenho animado com a minha irmã."

A Nevaeh arregalou os olhões, como se não soubesse se devia rir ou chorar. Eu não poderia decidir por ela. No fim, ela abriu a boca e soltou uma palavra muito, muito, muito feia. Uma montanha de sorvete. A sorveteria inteira.

A bem da verdade, aquela era a única resposta honesta que eu conhecia.

"A sua mãe vai se incomodar?", perguntei.

"Com o quê?"

"Com a minha mãe."

"Por que ela se incomodaria?", perguntou a Nevaeh.

"Tem gente que não gosta."

"Que nada." A Nevaeh fez uma pausa, depois completou:

"Mas isso é horrível. Eu lamento."

Engoli em seco.

"Valeu."

A Nevaeh assentiu.

"Minha irmã diz que a dependência é uma doença", falei.
"Minha assistente social também. Elas dizem que não dá pra culpar ninguém por ter uma doença, por não saber como enfrentar isso e viver doente. Mas com certeza dá pra culpar quem explode um quarto de hotel com as duas filhinhas dentro."

"Eita", soltou a Nevaeh. "Isso é verdade."

Meu coração estava acelerado. Mas se acalmou depois que brincamos mais um pouco com os cremes para café. *Enroladinho de rabanada.* Não é invenção minha. Sei lá por que alguém ia enrolar uma rabanada. E como pode isso ser um sabor de creme de café é algo além da minha compreensão.

Ainda não tínhamos terminado a lista da Francine quando a mãe da Nevaeh chegou para dizer que estava na hora de ir.

"Tchau, Alled", disse a Nevaeh. "Saboreie bastante o creme de café desnatado, sem açúcar e sem lactose, sabor café com hortelã."

"Tchau, Yoj", respondi. "Na segunda-feira eu levo as sobras pro recreio."

"Mortadela de fatia extragrossa!"

"Pão da Wonder Bread clássico!"

A Nevaeh voltou correndo para perto de mim.

"O meu tio tá na prisão", ela disse. "A gente ama ele mesmo assim."

Acho que isso depende do que ele tenha feito, exatamente.

Ou talvez não.

Não, acho que não.

Larguei a lista e o carrinho de compras e fui atrás da Suki.
Ela já estava operando um caixa, totalmente sozinha.

"Sai daqui", disse ela, mal olhando para mim.

"Que horas são?" Eu achava que eram umas nove ou dez.

A Suki olhou, na parede, um grande relógio que eu não tinha percebido.

"Sete e meia. Ainda faltam quatro horas e meia."

"Eu já peguei quase todas as compras."

"Bom, então devolve. Vai tudo esquentar, estragar. Lá pelas onze você faz as compras."

Fui até um cantinho da seção refrigerada e larguei todos os itens de geladeira lá para recolher de novo mais tarde. O resto — os cereais, as bananas, a alface e outras coisas — deixei no carrinho. Não ia estragar tanto. Levei o carrinho de volta à área da padaria. Alguém tinha recolhido o meu refrigerante pela metade.

Deixei o carrinho num canto e me encolhi numa cabine. Estava quase dormindo quando alguém me cutucou. Eu dei um pinote. Era a Maybelline.

"Quem é a caixa com quem você estava falando?", perguntou ela.

"Da próxima vez, vê se me acorda antes de relar a mão em mim", devolvi. "Sorte a sua não ter levado um soco. Eu não estava falando com caixa nenhuma."

"É melhor não ter próxima vez. Minha padaria não é hotel. E não vem com mentira pra mim. Odeio ver criança pequena mentindo. Ela é sua babá? Pegando dois empregos ao mesmo tempo?"

"Claro que não."

A Maybelline franziu o cenho.

"Como eu falei, odeio ver..."

"Beleza! Ela é minha irmã. Mas não tá de babá. Eu só estou dando uma passadinha. Eu gosto de supermercado."

A Maybelline me observou.

"A Suki precisa deste emprego", falei.

"Você gosta de passar a sexta à noite no supermercado."

"Claro. Melhor que ir pro O'Maillin's com a Francine."

A Maybelline piscou os olhos na direção da Suki.

"Até que horas ela fica?"

"Meia-noite."

Ela soltou um suspiro, depois me jogou um paninho.

"Se vai ficar a noite toda aqui, melhor ser útil. Limpa as mesas pra mim."

Não consegui pensar num motivo para negar. Era melhor que desenhar bigode na princesa Kate. Fui percorrendo as mesas e limpei todas as migalhas, até debaixo dos saleiros e pimenteiros e nos cantinhos das cadeiras.

Dei uma olhada no relógio. Quinze para as nove. O turno da Suki não estava nem na metade. Olhei para ela, pegando as compras com os dedinhos ágeis, passando no leitor de código de barras, digitando os códigos das frutas. Ela estava mandando muito bem.

Devolvi o pano e o balde à Maybelline.

"Mais alguma coisa?"

Ela me olhou de cima a baixo.

"Pode reabastecer os saleiros."

Parecia divertido. A Maybelline me entregou um potão enorme de sal, e eu comecei. A gente imagina que entornar sal sem derrubar requer concentração, que a minha mente não ia pensar em outras coisas, mas a verdade é que o sal é só mais um troço que se parece muito com os cristais de metanfetamina.

O Clifton devia estar viajando, dirigindo o caminhão, na noite em que a mamãe explodiu o quarto do hotelzinho. Ele nunca usou metanfetamina. Eu não tinha ideia do quanto ele sabia dos hábitos da mamãe, nem quanta importância dava a isso. Não me lembrava de nada sobre o comportamento da mamãe e do Clifton quando eles estavam juntos. Crianças de 5 anos não se lembram dessas coisas. A Suki tinha 11 na época da explosão do quarto, então imagino que ela se lembre de mais coisas — mas eu nunca perguntei, e ela nunca falou.

A mamãe levou a gente para encontrar outro cara — não era o Clifton; eu nunca soube o nome dele — num hotelzinho do outro lado da cidade. O homem estava preparando metanfetamina, ou ele e a mamãe estavam — perguntei, mas nem a Suki soube responder. Fazia todo sentido eles estarem num quarto de hotel. Metanfetamina explode toda hora. Nem os piores viciados são burros a ponto de preparar na própria casa. Por que eu e a Suki estávamos com eles, não faço ideia. Seria muito mais sensato terem deixado a gente em casa. Vai ver que a oportunidade surgiu de repente, ou coisa assim — e eu já contei que a mamãe tinha menos bom senso que um hamster.

Pensando bem, ela parecia muito um hamster mesmo. Passava a noite acordada. Se tivesse uma daquelas rodinhas, daria voltas e mais voltas nela. A metanfetamina bagunça a pessoa em todos os sentidos.

Enfim, a mamãe e o tal sujeito estavam no banheiro, preparando a metanfetamina, e eu estava sentada na cama com a Suki, na parede oposta à da porta do banheiro, numa colcha laranja muito feiosa, esquisita e escorregadia, vendo desenho animado. Mickey Mouse. De repente, a mamãe soltou um berro e saiu correndo do banheiro, e o cara também. O banheiro explodiu todinho. Mamãe foi rodeada por uma labareda, que nem nos filmes, mas não pegou fogo.

"Saiam daqui!", gritou ela.

A Suki me agarrou. Teve que cruzar o fogo comigo no colo para sair do quarto. O ar estava tão quente que machucava. Naquela época, a mamãe tinha uma picape velha, que estava estacionada do lado de fora. As portas estavam trancadas, porque é *óbvio* que não dá para deixar a picape destrancada quando a pessoa vai fazer metanfetamina num hotelzinho barato. A Suki baixou a porta da caçamba, me enfiou lá dentro e subiu também. O alarme de incêndio do hotelzinho disparou, um monte de luzes se acendeu e muita gente começou a correr e gritar. O cara que estava com a mamãe fugiu. Nunca foi encontrado. Enquanto isso, o quarto continuou pegando fogo, as labaredas lamberam as cortinas e a janela ficou toda colorida de laranja, feito uma decoração. Era tanta fumaça que não dava para acreditar.

A mamãe tentou abrir a porta da picape, mas estava trancada. A chave ficou no quarto, no meio do fogo. Ela continuou tentando abrir a porta, puxando a maçaneta e soltando vários palavrões. Parecia ter se esquecido totalmente de nós, do fogo e da metanfetamina, e só pensava que, se desse uma mexidinha certeira, conseguiria abrir a porta.

"Não consigo entrar na picape!", gritou ela.

A Suki espichou o pescoço.

"Porque ela tá trancada, sua sorveteira!"

Aí os bombeiros chegaram e, logo em seguida, a polícia. A mamãe foi embora num carro, algemada. Eu e a Suki fomos noutro, de mãos dadas.

Sei lá que fim levou a picape.

Mais tarde, na mesma noite do incêndio — caramba, eu tinha esquecido dessa parte... Que lembrança para ter bem no meio do Food City —, o Clifton apareceu na delegacia e me levou embora, com a Suki.

Estávamos sentadas lado a lado numas cadeiras de plástico duro. Ainda de mãos dadas. Uma policial trouxe refrigerantes pra gente e ficou dizendo que tudo ia se ajeitar, mas, com a Suki quase sem conseguir respirar de tão nervosa, não acreditei numa palavra. O fogo tinha me assustado. A sala da delegacia, com uma luz esquisita muito forte, o cheiro de fumaça no cabelo da Suki e os olhos dela inexpressivos — isso tudo me assustou também. Eu lembrei tudinho, como se fosse a cena de um filme, enquanto passava o sal para os saleiros na área de padaria do Food City.

Eu me lembrei do Clifton entrando pela porta. Ele atravessou a sala, chegou perto de nós, ajoelhou-se e olhou a Suki bem nos olhos.

"Eu falei que vinha te pegar", disse.

Parecia uma ameaça. Mesmo assim, na época eu fiquei contente — contente por termos para onde ir, por termos alguém que viesse nos buscar. Eu não conhecia gente como a Francine.

A Suki estava usando uma camiseta com estampa de princesas. Aquelas do *Frozen*. Ela olhou para o Clifton, depois para a Elsa e a Anna, e fechou os olhos um instante. Estremeceu, como se tivesse levado um tapa. Quando tornou a abrir os olhos, percebi que tinha tomado uma decisão.

"Claro, papai", ela disse, e se levantou. O Clifton passou um braço em torno dela, tipo num meio abraço. Ninguém encostou em mim. Nós saímos da delegacia, e a partir de então a mamãe sumiu e nós fomos morar na casa do Clifton.

Ele disse aos policiais que era nosso pai. Não apresentou nenhuma comprovação — e nem tinha, porque ele não é —, mas ninguém na delegacia deu muita bola. O Clifton tinha um emprego e não mexia com metanfetamina. Ele nos matriculou na escola — eu, no jardim de infância; a Suki, no sexto ano —, e dali a um tempo os assistentes sociais concluíram que a gente estava indo bem. Pararam de fuxicar.

Foi um erro. A nossa advogada atual, que tem a função de defender a gente, falou que foi péssimo não terem investigado o Clifton nem pedido para ele comprovar nada. Falou que o Estado do Tennessee pisou na bola bonito.

E falou que ia garantir pessoalmente que eles não pisassem outra vez.

Aham. Claro. Eu acredito totalmente no que esse povo do governo diz.

Naquela época, não imaginava que a coisa estava tão feia para mim e a Suki. A gente tinha o que comer. Não precisava ficar mudando de casa. O Clifton pagava a conta de luz em dia, e a gente tinha aquecedor e TV a cabo. Mesmo depois do que quase aconteceu comigo, não achava que a situação fosse tão ruim.

Eu estava errada.

Foi ruim a mamãe ter explodido um quarto de hotel e a gente saber que provavelmente nunca mais vamos vê-la, mas isso não chega nem perto de ser a pior parte. Eu vou chegar lá.

Mas ainda não é hora. Pode ter um pouco de alegria nesta história? Me deu uma canseira de contar tristeza.

"Ei, Maybelline!", gritou alguém atrás de mim. "O que é isso? Tá botando a neta pra trabalhar?"

10

Era um cara branco, velho e baixinho, com uma careca redonda, óculos redondos e sobrancelhas que mais pareciam duas taturanas peludas. E usava, como todo mundo, uma camisa com os dizeres FOOD CITY. Ele tinha um olhar feliz.

"Estou reabastecendo os saleiros", respondi.

"Você tá na folha de pagamento?"

"Estou só ajudando. Pra pagar o biscoito."

"Cadê sua mãe?"

"Que mania é essa que todo mundo tem de ficar perguntando da minha mãe? Ninguém nunca quer saber onde o meu pai está."

"Justo", disse o cara. "E cadê o seu pai?"

Dei de ombros.

"Não conheço ele."

"Tá tudo bem, Tony", disse a Maybelline. "Ela é minha amiga. Não tá importunando ninguém. Tá fazendo compras. Só parou um pouquinho pra me ajudar."

Bom, aquilo foi bacana da parte dela.

O cara pensou um instante, depois estendeu a mão.

"Eu sou o Tony Kegley. Gerente da noite às sextas-feiras. Tá encontrando tudo de que precisa aqui no Food City?"

Eu apertei a mão dele.

"Eu sou a Della. Já peguei quase todas as compras", falei, apontando para meu carrinho de compras no canto. "Mas estou com muita dificuldade de escolher o sabor do creme para café."

O Tony franziu a cara, como se eu tivesse contado a melhor piada do mundo.

"Não cai nessa de creme", disse ele. "Só Deus sabe o que enfiam nessas coisas. Se quiser colocar alguma coisa no seu café, melhor usar o bom e velho leite." Ele meneou a cabeça para a Maybelline. "A menina parece que tá trabalhando demais só por um biscoito. Dá mais alguma coisa pra ela comer." Aí ele foi embora, e eu o ouvi dizendo a outra pessoa: "Ei! Está encontrando tudo de que precisa aqui no Food City?"

"Ele é legal", comentei.

"Acho que é o homem mais legal do mundo", disse a Maybelline, e apontou para o balcão da área da padaria. "O que você quer?"

Olhei os frios, o queijo, os bolos, bolinhos e biscoitos. O sushi. Quem em sã consciência come sushi? Ainda mais preparado numa loja do Food City do leste do Tennessee. Frango frito, almôndegas. Enfim bati o olho no que eu queria. E sorri.

"Aceito aquele macarrão com queijo."

Ficou tarde. Fui percorrendo a área da padaria e virei todas as cadeiras de cabeça para baixo, em cima das mesas, para que o pessoal da limpeza da noite pudesse passar um pano no chão. A Maybelline explicou que eles arrumavam tudo enquanto a loja estava fechada. Ela começou a tirar as comidas quentes do balcão. Levei meu carrinho até onde os nossos itens de geladeira estavam escondidos, recolhi tudo e levei até a Suki.

Além de receber um salário pelo trabalho no Food City, a Suki tinha dez por cento de desconto em tudo que comprasse lá. Por isso é que nós íamos fazer as compras. A Francine falou que, se a gente comprasse tudinho que ela queria, podíamos ficar com os dez por cento de desconto e comprar o que a gente quisesse.

Qualquer coisa, na loja inteira.

A lista da Francine somou 147 dólares, o que deu à Suki um desconto de 14,70 dólares — ou seja, 7,35 dólares para cada uma. A Suki foi rapidinho ao banheiro. Na volta, passou na seção de queijos e pegou um estranho e molenga, com alho dentro.

"Sempre quis provar esse", disse ela. Custava 6,99 dólares, então dá para entender por que ela nunca tinha provado.

Eu escolhi um pacote tamanho-família de Cheetos sabor picante, mais uma garrafa de dois litros de refrigerante de limão. Na manhã seguinte, com a Suki e a Francine dormindo, comi o saco inteiro de Cheetos de café da manhã e ainda tomei o refrigerante.

Era o paraíso. Ou Nevaeh, na verdade.

11

Na segunda de manhã, a sra. Davonte devolveu os testes de matemática que nós tínhamos feito no meu primeiro dia. Eu tirei oito. Tipo, por cento. Oito por cento. Eu tinha acertado duas perguntas de 25.

"Não se preocupe, Della", disse a sra. Davonte. Aí, na hora do recreio, ela me obrigou a repassar todas as questões. Falou que a minha antiga escola ainda não devia ter chegado naquela parte da matéria.

Tinha chegado, sim, mas eu não ia dizer isso a ela. Em algum momento ela acabaria descobrindo que a escola e eu não nos dávamos muito bem. A escola era só um lugar aonde eu tinha que ir.

Perdi o recreio todo. A escola tinha um parquinho de areia com umas árvores grandonas, balanços, escorregas e brinquedos de subir. Em vez dos balanços, das árvores e do sol, eu ganhei mais matemática. Passei a tarde toda inquieta. Fiquei batucando os pés debaixo da carteira, até que a sra. Davonte me mandou parar.

Alguém bateu à porta da sala. A sra. Davonte atendeu.

"Bilhete para você, Della", disse ela, entregando um papel para mim.

O bilhete me instruía a pegar um ônibus diferente na saída da escola. Não para casa, mas para a ACM, para o programa extraclasse. Na assinatura, lia-se *Francine*.

Não Suki. Francine.

No fim de semana, a Suki e a Francine tinham conversado sobre um tal programa extraclasse, mas não prestei muita atenção. Nunca imaginei que elas fossem me jogar a bomba assim, desse jeito.

Além de tudo, eu jamais tinha recebido um bilhete no meio da aula. E nunca tinha ido à ACM. Na verdade, não sabia nem o que era aquilo.

Levantei a mão.

"Isso é verdade?"

"O quê?", perguntou a sra. Davonte.

"Isso aqui." Ergui o bilhete. "Aqui diz pra eu pegar o ônibus pra ACM, pro programa extraclasse."

A sra. Davonte fez cara de impaciência.

"Claro que é verdade. Por que não seria?"

A Nevaeh deu uma batidinha na minha carteira.

"Eu também vou pra ACM depois da aula. É verdade, sim."

Bom, até aí tudo bem. Mas por que eu tinha que ir para lá? Eu podia passar a tarde sozinha em casa. Ou com a Suki, como deveria ser.

Quando consegui descobrir qual era o ônibus que ia para a ACM, ele já estava quase lotado. Vi a Nevaeh lá no fundão, mas não tinha nenhum lugar vazio perto dela. Acho que ela não me viu. O Trevor estava sentado logo no primeiro banco. Passei reto por ele e me espremi perto de umas crianças menores.

Quando chegamos à ACM, havia ônibus de todas as escolas primárias, e uma multidão de crianças caminhava até o prédio. Eu não sabia o que fazer. Fiquei ali parada, até que uma menina da idade da Suki me mostrou onde ficava a recepção. Chegando lá, entreguei à mulher o bilhete que tinha recebido na escola.

"Tudo certo", disse ela. "Vá pro salão lanchar e fazer o seu dever de casa. Depois, é ginásio ou natação. Trouxe o maiô?"

"Não." Eu nunca nem tinha tido um maiô.

"Amanhã você traz", continuou ela. Eu nunca nem tinha entrado numa piscina. Não sabia nadar. "Hoje você pode brincar no ginásio. Gosta de escalada? De basquete?"

Como é que eu ia saber?

No salão, estavam todos sentados em mesas redondas, comendo barrinhas de granola. Parei à porta, hesitante.

"Della!", disse a Nevaeh, acenando. "Aqui!"

Fui até a mesa dela e me sentei na cadeira vaga. Ela me apresentou às outras meninas. Uma delas, a Luisa, também era da nossa turma na escola. Tinha a pele e o cabelo escuros, o rosto fino, óculos grandes e um sorriso vivaz. As outras, não reconheci.

Eu me sentei e comi uma barrinha de granola, e aí os adolescentes que estavam mandando na gente falaram que era hora do dever de casa.

Meu único dever de casa era refazer as questões do teste de matemática que eu tinha errado. Ou seja, a Nevaeh e todas as outras meninas iam ver o meu teste, com aquele oito escrito lá no alto da folha.

Tirei o teste da pasta que a sra. Davonte tinha me dado. Dobrei a parte de cima para esconder o oito, mas não consegui esconder os traços de caneta vermelha espalhados pela folha inteira. Tentei cobrir o papel com os braços.

"Ei." Alguém bateu no meu ombro. Era a Nevaeh. "Posso ver?"

Eu não me mexi.

"Eu sou boa em matemática", acrescentou ela.

"Sorte a sua", respondi.

As outras meninas me olharam como se eu estivesse sendo arrogante, e, sei lá, talvez eu estivesse.

A Nevaeh puxou o teste da minha mão. Pois é, ela fez isso.

"Não...", falei, mas ela já estava olhando. Analisou o teste por um tempo que pareceu interminável. Meu rosto foi ficando cada vez mais quente. Fiquei encarando as mãos.

Ela ergueu os olhos.

"Você não está errando por descuido. Está cometendo os mesmos erros todas as vezes", disse ela. Eu não entendi. "É tipo se alguém te ensinasse que dois mais dois é igual a seis", explicou ela. "Daí, toda vez que você tivesse que somar dois e dois, diria que a resposta é seis, e estaria sempre errado. Aqui, deixa eu te mostrar."

"Eu não quero que você me mostre. Não queria nem que você tivesse olhado o meu teste."

"Mas eu posso te explicar, e aí você vai entender." Ela franziu a testa. "Estou tentando ajudar."

Como se fosse mais fácil escutar a Nevaeh que a sra. Davonte. Eu peguei meu teste de volta, amassei até virar uma bolinha e atirei na lixeira, no canto da sala. E errei o alvo.

A Luisa soltou um assobio baixinho.

A Nevaeh foi até a lata de lixo, pegou o teste amassado e trouxe de volta. Abriu e alisou a folha de papel.

"Desculpa", disse ela. "Eu estava tentando ajudar. Não queria te envergonhar."

Não falei nada. Não sabia o que falar. Uma parte de mim queria rasgar aquele teste em mil pedacinhos e jogar tudo para o alto — queria ver a Nevaeh alisar *aquilo* — e outra parte queria deixar de ser tão ranheta.

Não sei qual parte teria ganhado, pois os orientadores vieram dizer que estava na hora da recreação.

"Você trouxe o seu maiô?", perguntou a Nevaeh, devolvendo o teste para mim sem nem olhar para o papel.

Neguei com a cabeça.

"Traz amanhã. Nadar é muito legal."

"Claro", respondi. "Se eu lembrar." Será que eu iria à ACM no dia seguinte? Seria uma coisa diária? Eu queria ter prestado mais atenção à Suki e à Francine. Assim pelo menos saberia mais a respeito daquela história.

A Nevaeh e as outras meninas da nossa mesa foram para a piscina. Eu segui para o ginásio, atrás de umas crianças que eu não conhecia. Era gigantesco, umas três ou quatro vezes maior que o ginásio da minha outra escola.

Um bando de garotos do ensino médio já estava arremessando bolas de basquete numa cesta no canto da quadra. Os orientadores nos dividiram em grupos — voleibol, bambolê, um troço com raquetes.

"Já jogou basquete?", perguntou uma das orientadoras. "Aqui a gente joga muito basquete."

Enquanto falava, ela ia quicando uma bola de basquete. De repente, agarrou a bola e atirou com força no chão. A bola deu um pinote e me acertou bem na barriga. Daí ricocheteou e bateu... ai, sorvete. Bateu no Trevor. O rei das advertências. Ele fechou a cara e atirou a bola de volta para mim, como se eu tivesse feito de propósito.

"Calma, Trevor", disse a orientadora. "Foi sem querer."

"Ele toma advertências aqui também?", perguntei.

"NÃO", respondeu ele.

A orientadora ignorou o Trevor.

"Desculpa, eu devia ter te avisado. Esse passe se chama passe picado. Você já jogou basquete?"

Neguei com a cabeça. Na outra escola a gente às vezes brincava com umas bolas de basquete na aula de educação física, mas não passava disso.

"Quer jogar?", perguntou ela.

Dei de ombros.

Ela me ensinou a driblar, depois me mandou ir tentando caminhar e driblar ao mesmo tempo.

"Tenta não olhar pra bola", disse ela.

Aí ela foi ajudar outra pessoa. Eu fiquei driblando. Foi meio chato.

Quando estava na metade da quadra, vi um par de tênis na minha frente. Ergui os olhos, e lá estava o Trevor outra vez.

"Ei, burrona", disse ele. "Você jogou a bola em mim."

"Não joguei nada. Seu cara de bunda."

"Você está no meu caminho." Ele tomou a bola de basquete da minha mão e arremessou pela quadra. A bola foi parar no meio do jogo dos adolescentes.

Uma garota a pegou do chão.

"De quem é a bola?"

Levantei a mão. Ela jogou de volta para mim. Eu tentei agarrar. Não consegui.

O Trevor riu.

Peguei a bola do chão e atirei na cabeça dele.

Ele desviou. A bola bateu num sujeito de cabelo branco que tinha acabado de entrar no ginásio. Usava short e camiseta, mas parecia familiar.

"Ei, coração!", disse o sujeito.

O Trevor sorriu para ele.

"Treinador!"

O treinador apertou a mão do Trevor. Depois abriu um sorriso para mim.

"A gente ainda não se viu por aqui, não é? Aposto que você se lembra de mim, lá do Food City."

"Tony", respondi. O gerente da noite às sextas-feiras. O chefe da Suki.

Ele alargou o sorriso.

"Gerente de mercado à noite, treinador de basquete infantil durante o dia. Está aprimorando suas habilidades? Vai entrar pra minha equipe no ano que vem? Eu treino tanto os meninos quanto as meninas."

O Trevor tinha pegado a minha bola e estava fazendo uns dribles. O treinador estendeu as mãos, e o Trevor jogou a bola para ele.

"Vamos..." O treinador Tony parecia tentar se lembrar do meu nome.

"Della", eu disse.

"Della. Vamos reunir um grupo e praticar um pouco. Eu fico aqui até a hora do treino da garotada do ensino médio. Gosto de manter meus alunos afiados."

Olhei para o Trevor, que sorria para o Tony feito um cachorrinho. Olhei para o ginásio. Olhei para a bola de basquete. E balancei a cabeça.

"Hoje não."

O Clifton nunca me bateu, nem me chutou. Às vezes fazia comigo o que chamava de picada de cobra. Agarrava meu braço com as duas mãos e dava uma torcida, e a minha pele ardia. Doía, mas não deixava hematoma.

De modo geral, o que o Clifton fazia era rir de mim.

"Você é feiosa e grandalhona", dizia ele. "E desajeitada também." Ou então dizia: "Você não tem talento pra nada, não é?", ou "Olha só como você corre. Que nem um búfalo. Não se parece em nada com a Suki, não é?".

Eu me parecia com a Suki o máximo que conseguia. O que não era muito. Não era o bastante.

Na volta do trabalho, a Francine me pegou na ACM. Ao chegarmos à casa dela, tinha um carro estranho na entrada da garagem. Eu ignorei. Estava contando os segundos para ver a Suki; queria perguntar a ela por que exatamente eu tinha que frequentar a ACM. Subi os degraus da casa. A nossa assistente social estava sentada no sofá, ao lado da Suki. Eu paralisei. A Francine trombou nas minhas costas.

"Você tinha esquecido?", perguntou ela. "Hoje é dia de reunião sobre o Plano de Permanência de vocês."

12

Toda criança acolhida num lar temporário precisa ter um Plano de Permanência. É uma meta registrada por escrito que precisamos alcançar. Tipo voltar para a casa dos pais ou ser adotado. O problema era que ninguém sabia exatamente o que planejar para mim e a Suki. Nossa única família era a mamãe. Era improvável que alguém nos adotasse, uma menina de 10 e uma de 16, e eu também nem estava a fim disso. Sai fora.

A nossa assistente social queria que a gente olhasse pelo lado bom. Que pensássemos grande em relação ao futuro. Queria que fôssemos pessoas diferentes. Ela falou alguma coisa sobre irmos para a faculdade. *Você já viu o meu teste de matemática?*, pensei. E a Suki... As notas dela eram piores que as minhas. Ela frequentava a turma de reforço de todas as matérias. Além disso, quem é que vai para a faculdade? Garotas como a gente é que não vão.

"Eu faço 18 anos daqui a um ano e meio", disse a Suki. "Assim que completar 18, vou dar no pé. E vou ter a guarda da Della. Não vamos mais ser problema seu." Ela batucou os dedos na mesa. "Esse é o nosso plano."

A assistente social fez cara de paciência. Ela vivia fazendo aquela cara. Não sei se ela não entendia que aquela cara de paciência deixava a Suki nervosa, ou se reunia paciência de propósito só para irritar a Suki. Esse era um dos motivos pelos quais eu não confiava nela.

"Mas e o *meu* plano?", perguntei.

A assistente social me ignorou.

"Onde é que vocês vão morar?", perguntou ela à Suki. "Onde você vai trabalhar? Você só vai ter a guarda da Della quando estiver vivendo numa situação estável."

"Eu já estou trabalhando", respondeu a Suki. "Vou conseguir um carro, depois um apartamento. Vou economizar."

"Que bom para você o fato de já ter arrumado emprego. Isso é demais. Quantas horas semanais você vai pegar?"

"Eu comecei na sexta passada. Umas doze por semana, segundo eles. Mas vou tentar pegar mais."

A assistente social meneou a cabeça.

"Na sua idade, durante o ano letivo, você não pode trabalhar mais de dezoito horas semanais. Nas férias de verão, pode pegar o turno integral. Você vai receber um salário mínimo?", perguntou. A Suki fez que sim. A assistente social rabiscou num pedaço de papel. "Ok. Quais são as suas responsabilidades financeiras no momento?"

A Suki olhou para a Francine.

"Estou devendo um dinheiro à Francine. Ela pagou o meu uniforme de trabalho. E vou dividir com ela o seguro do carro quando chegar o boleto."

"Eu incluí ela como condutora no meu plano, pra ela poder dirigir o meu carro", explicou a Francine. "Falei pra ela pagar a metade."

"Muita generosidade sua", disse a assistente social. Depois encarou a Suki. "Ela não é obrigada a fazer isso."

"Reduz o lucro dela", devolveu a Suki.

A assistente social franziu os lábios.

"Ninguém acolhe criança órfã por causa do dinheiro."

"Acolhe sim", rebati. "Foi ela quem falou."

A assistente social e a Francine trocaram olhares, e vi as duas decidirem me ignorar outra vez.

"Vou comprar um celular pra mim", continuou a Suki. "Depois um pra Della. Depois vou juntar grana pra comprar um carro. E depois pro apartamento e outras coisas. Esse é o nosso plano. Pode anotar aí."

"Mas e o *meu* plano?", repeti.

A assistente social rabiscou uns números.

"Quanto é que vão custar esses celulares, mensalmente? E o seguro do carro?"

"Um, cinco, zero, o seguro", respondeu a Suki. "Mas isso pro ano inteiro."

"É... não", disse a Francine. "Não é, não. Isso é por mês."

"*Oi?*", indagou a Suki.

"Desculpa. Achei que você tinha entendido."

Um dólar e cinquenta centavos não me pareciam muita coisa, mas daí a Suki soltou:

"*Cento e cinquenta dólares por mês?*"

"Trezentos, contando com a minha parte", respondeu a Francine. "É esse o preço do seguro pra uma garota de 16 anos, sem experiência no volante e sem nenhum parentesco comigo."

"Eita", disse a Suki, desmoronando. "Vou ter que pagar isso todo mês?"

"Se quiser dirigir o meu carro, vai."

Uau. Quer dizer, claro que a Suki queria poder dirigir. Seria útil, ainda mais nos fins de semana. Se ela tivesse um carro, teria que pagar o seguro. Mas isso foi uma grande reviravolta.

"Pois bem", disse a assistente social. "Vamos analisar a viabilidade desse cenário todo."

"O que isso quer dizer?", perguntei.

"O orçamento de vocês." A assistente social pegou outro papel e começou a fazer uma lista. "Digamos que você receba um salário mínimo e trabalhe cinquenta horas por mês. Menos dois celulares e metade do seguro do carro. Com bastante disciplina, dá para economizar 100 dólares por mês."

"Eu tenho disciplina", respondeu a Suki. "E faltam dezesseis meses, então..."

"Mil e seiscentos dólares. Você pode trabalhar mais horas no verão. Digamos que junte 2 mil dólares. Trabalhando muito. E economizando de verdade."

Respirei fundo. Isso era bom. Era muito dinheiro.

"Para conseguir um apartamento e a guarda da Della, você precisa ter o dinheiro equivalente a dois meses de aluguel", prosseguiu a assistente social. "E um depósito caução, claro. O aluguel por aqui é barato... Talvez vocês encontrem um lugar de dois quartos por 600..."

"A gente não precisa de dois quartos."

"Para ter a guarda dela, precisa. Digamos uns 550 dólares, no mínimo. Então, para conseguir um lugar, você precisa de pelo menos 1.650 dólares. Tem o depósito da luz elétrica, talvez uns 200 dólares. Dinheiro para a primeira conta de luz. Conta de água, esgoto. Isso sem contar a eventual compra de um carro." A assistente social balançou a cabeça. "Você vai precisar de mais de 2 mil. E, depois de arrumar um lugar, vai precisar ganhar o suficiente para se manter lá. Mesmo trabalhando em tempo integral, um salário mínimo não é suficiente."

"E os aluguéis sociais?", perguntou a Suki. "A mãe da Teena recebe auxílio-moradia."

"Pode ser que você consiga, mas atualmente a lista de espera está em dois anos."

"Tem como eu entrar na lista agora?"

A mulher negou com a cabeça.

"Só depois dos 18. Olha, Suki, não é minha intenção te jogar um balde de água fria."

"Pois parece."

"Existem programas especiais. Quando você economiza para comprar um carro, ou para o depósito caução de um aluguel, em alguns casos o governo pode auxiliar com a mesma quantia. Ou seja, se você juntar mil dólares, o governo te dá mais mil."

A Suki piscou.

"Você está de brincadeira."

"É parte do Programa Vida Independente."

Respirei fundo.

"E O MEU PLANO?"

As três pararam e me encararam, como se eu tivesse dito aquilo pela primeira vez.

"Eita, Della! Calma!", disse a Suki. "Esse plano é todo com base em você."

"Bom, você não está falando comigo. Está falando com ela. E me meteu na ACM sem me perguntar nada. Sem nem me *contar*..."

"Nada disso. Eu te contei ontem, sim. A gente só não sabia se você ia poder começar de imediato."

"Não contou! Nem a Francine! E ninguém me perguntou se eu queria ir, pra começo de conversa!"

"O que é que você quer, Della?", retrucou a Suki. "Não consigo cuidar de você o tempo todo *e* ainda trabalhar *e* tentar juntar toda essa grana. Não posso continuar fazendo tudo por você hoje e ainda cuidar de você quando tiver 18 anos. Não dá! O que é que você quer? Eu vivo presa cuidando de você desde que você nasceu!", soltou. Eu fiquei quieta. Nunca. Tipo, nunca. A Suki se preocupava, ela ria e cantava. Ela segurava a minha mão, e lavava as minhas roupas, e me dava beijinho de boa noite. Ela nunca agiu como se não desejasse a minha presença. Além do mais, eu sabia fazer um monte de coisas. Eu sempre ajudava. "É coisa demais", continuou ela. "Coisa. Demais. Beleza?"

A Francine suspirou.

"Desculpe por termos largado a ACM no seu colo assim desse jeito, Della. A gente devia ter avisado com mais antecedência. Mas acho que você entendeu."

"Eu não quero ir pra lá."

"Que pena", disse a Suki. "Você vai."

"Suki..."

"Eu não consigo continuar fazendo tudo."

A assistente social ficou só nos encarando, como se a gente tivesse fugido do assunto e ela precisasse que voltássemos a falar dos programas.

"Essas duas precisam de uma avaliação de saúde mental", disse a Francine.

Levei um segundo para perceber que ela estava falando de mim e da Suki. A Suki levou menos tempo. E se levantou da cadeira com um pinote.

"Então agora eu virei LOUCA?" Ela disparou para o nosso quarto e bateu a porta.

13

A assistente social respirou fundo.

"Para mim, parece uma briga normal entre irmãs."

"Elas já passaram por muita coisa", disse a Francine.

"Vamos ficar de olho nelas." A assistente social se virou para mim. "Foi só uma vez, não foi?"

Eu já estava cheia de ouvir aquela pergunta. Fiz que sim com a cabeça.

"Então, acho que elas vão ficar bem", disse a assistente social.

"Existem muitas formas de trauma", disse a Francine. "A mãe delas…"

Eu não queria falar sobre a mamãe.

"Ela era um hamster", soltei. Os hamsters não causam trauma.

A assistente social anotou umas coisas.

"Vou abrir uma solicitação", disse ela à Francine, depois olhou para mim. "Você não quer fazer parte do plano da sua irmã? Prefere que ela não fique com a sua guarda?"

Não era aquela a minha intenção.

"Claro que não", respondi. "Quer dizer, claro que sim. Quer dizer, eu tenho que ficar com a Suki."

A assistente social fechou a pasta.

"É muita coisa para processar. Volto daqui a umas semanas. Enquanto isso, incentive a sua irmã a continuar na escola. Ela devia pelo menos concluir o ensino médio. Além do mais…" Por um instante, a expressão dela se suavizou. "Se ela continuasse no programa de acolhimento, pelo menos teria chance de viver a adolescência. Teria tempo para um pouco de diversão."

Diversão. Diversão era ver televisão a manhã toda, no verão, eu, a Suki e a Teena esparramadas no chão da sala. Diversão era ir com elas ao festival que acontecia todo mês de abril no estacionamento da escola. Teve um dia em que eu comi um algodão-doce inteiro, depois vomitei rosa-choque no meio da Xícara Maluca. O operador do brinquedo ficou furioso, e a Suki e a Teena choraram de tanto rir. A gente saiu correndo e o deixou lá com aquela bagunça, e as duas me compraram outro algodão-doce, já que eu tinha desperdiçado o primeiro.

Divertida era a nossa sensação toda segunda-feira à tarde, quando o Clifton saía para passar a semana inteira na estrada.

Mas cá estava eu, numa segunda-feira à tarde, e para mim mais parecia sexta.

Quando a assistente social saiu, a Francine foi até o nosso quarto e abriu a porta.

"Se bater a porta desse jeito outra vez, vou arrancar a dobradiça. Não brinca comigo. Eu já fiz isso antes."

Ouvi a Suki resmungar. A Francine retornou à cozinha.

"Por que você chamou a gente de louca?", perguntei a ela. Eu fazia todo o possível para agir normalmente, o tempo todo.

"Não chamei vocês de loucas", respondeu a Francine. "Eu falei que vocês estão passando por um momento difícil. Você e a Suki precisam de ajuda. Não tem problema nenhum nisso."

Eu não precisava de ajuda. Mas a Suki sim, ao que parecia. Precisava de ajuda para cuidar de mim.

No jantar, a Suki tentou ser legal.

"Você sabe que eu não quis falar aquilo", disse ela. "Não sabe?"

Eu não respondi. A Suki sempre falava o que queria.

Ela abriu um sorrisão.

"O que foi que você fez lá na ACM?"

"Nada. Nada legal. Posso vir pra casa ficar com você amanhã?"

Ela negou com a cabeça.

"Eu vou trabalhar. Logo depois da aula. Por isso a gente inscreveu você na ACM, pra começo de conversa."

Eu podia ir com ela. Podia ficar na área da padaria.

"Eu fui útil lá no Food City", falei. Ela não respondeu. "Eu sou útil o tempo todo", acrescentei. Lá na casa do Clifton eu fazia todo tipo de coisa. Sabia passar o aspirador, tirar o pó e guardar a louça. Às vezes ajudava a cozinhar. Sabia preparar sanduíche e cereal.

A Suki não abriu a boca. Nem sequer olhou para mim.

"O seu chefe trabalha na ACM", falei. "O Tony, o gerente da noite. Ele é treinador de basquete. Vou falar pra ele que você é uma malvada."

"Desde que eu faça o meu trabalho, tenho certeza de que ele não vai dar a mínima", retrucou ela.

Naquela noite, quando nos deitamos, a Suki começou a cantar, como sempre. Esquinemarinque, dinque, dinque, esquinemarinque, dinque dinquê. Eu não cantei junto.

"Vai, Della", disse ela, me dando um abracinho. "Canta a música da noite comigo."

Eu não cantei. Não quis.

Ela cantou tudo de novo, uma segunda vez. Depois me encarou bem de pertinho.

"Espero que você não ache que a gente deveria ter ficado lá no Clifton."

"Não", respondi. "Eu nunca pensei isso."

"Ótimo." Ela se virou de lado e colou o ombro no meu. Dali a poucos minutos, estava dormindo profundamente.

Duas horas depois, ela se sentou e começou a gritar.

14

A Suki estava com os olhos abertos, mas sem expressão, como se não estivesse enxergando nada, nem a mim. Não parava de gritar. Gritava, gritava. Ela me assustou pra sorvete. A Francine entrou correndo no nosso quarto. Estava vestindo uma camiseta surrada, e só.

"Ah", disse ela. "Pesadelo." Ela acordou a Suki com uma sacudida. "Do jeito que ela estava gritando, achei que vocês estavam sendo atacadas por lobos."

A mãe da Teena costumava dizer que eu e a Suki éramos criadas por lobos. Ela falava isso sempre que a Suki fazia alguma bobagem, tipo uma vez que o vaso sanitário entupiu e a Suki ficou dando uma descarga atrás da outra, até um monte de papel higiênico e sorvete começar a escorrer para o chão: ela não sabia que, quando o vaso entope, a gente tem que usar o desentupidor. As palavras *criadas por lobos* deixavam a Suki nervosa — ainda mais quando eram ditas pela mãe da Teena, que vivia trocando de emprego e de namorado, e não era alguém com quem a gente pudesse contar muito.

Eu gostava da ideia. *Criada por lobos.* Deve ser quentinho e seguro dormir toda noite numa caverna cheia de lobos. Todos peludos e dentuços. Além do mais, a Suki *era* um lobo, basicamente. Ela enfrentava qualquer coisa. Era o meu lobo particular.

Quando a Francine saiu, abracei a Suki.

"Tá tudo bem com a gente", falei. "Estamos aqui agora." Ela não respondeu. "A gente vai conseguir o nosso lugarzinho. Com uma tranca bem pesada na porta. E ninguém mais vai ter a chave."

Ela choramingou, o que me assustou ainda mais que os gritos.

"Suki, tá tudo bem com a gente", repeti. "Tá tudo bem aqui."

"Eu não sabia."

"Não tem problema."

"Eu contei pra uma pessoa, sim", disse a Suki. "A Teena me perguntou por que foi que eu não contei. Mas eu *contei*. Eu contei pra Stacy. Ela me chamou de mentirosa e não quis mais ser minha amiga."

"Contou o quê? Quem é essa Stacy?" Eu não conhecia ninguém com aquele nome.

A Suki sacudiu o corpo, parecendo um pouco mais desperta.

"Quem é essa Stacy?", repeti.

"Ah." A Suki piscou os olhos. "É... Uma amiga minha. Do quinto ano."

Eu não conseguia ligar o nome à pessoa. Devia ter sido uma amizade breve, tipo a minha com a Joaninha.

"O que foi que você contou pra ela?"

"Sobre o Clifton", sussurrou a Suki.

"Mas o seu quinto ano foi antes de a mamãe ir embora. Antes de ela... você sabe..." *Explodir o quarto do hotelzinho.*

"Pois é. Talvez eu tenha me confundido. Não deve ter sido no quinto ano." A Suki parecia esbagaçada. Triste, assustada. "Mas então... É por isso que eu tinha medo de contar pra outra pessoa. Eu não podia perder a Teena."

Eu não estava entendendo nada. A Teena era a única que sabia que o Clifton não era nosso pai.

"A gente não perdeu a Teena", falei. A Teena nunca deixaria de ser nossa amiga. "Eu estou te dizendo. Preciso vê-la."

A Teena sempre vinha nos ajudar, sempre sabia o que fazer. Uma vez eu derrubei esmalte no tapete bege da casa do Clifton. Primeiro a gente tentou tirar com umas toalhas de papel, depois com acetona, mas nada funcionou. Eu estava em pânico, porque já era quinta-feira à noite e o Clifton não ia gostar nada se chegasse em casa na sexta e visse uma mancha rosa-choque gigantesca bem no meio da sala de estar. Então a Teena percebeu que o tapete era dupla-face — o lado de baixo era exatamente igual ao de cima. A gente virou o tapete para que a mancha ficasse na parte de baixo, e rearrumamos todos os móveis. O Clifton nunca percebeu.

A Suki se encolheu.

"Eu sei. Mas odeio saber que ela sabe de tudo. Às vezes os outros sabem coisa demais. Daí a gente não consegue esquecer tudo quando tá perto deles." Ela fechou os olhos. "Eu não consigo suportar isso. Ela agora me olha diferente."

Eu não tinha ideia do que ela estava dizendo. A Teena sabia de tudo sobre a gente. Sempre soube. Aquilo era bom. Recostei a cabeça na minha metade do travesseiro.

"Eu sinto saudade dela", sussurrei. A Suki não respondeu.

15

Na manhã seguinte, quando entrei na sala de aula, a Nevaeh abriu um sorriso.

"Alled!", disse ela. "Trouxe creme de café pra mim?"

"Yoj!", respondi. "Não trouxe. Não consegui me decidir entre o machiato de caramelo salgado e o leite cremoso de amêndoas irlandês."

Ela suspirou.

"Eu entendo."

Depois chegou a hora da matemática, e foi como nos velhos tempos. A minha cabeça parecia cheia de areia.

Em um parque de diversões, um grupo de 57 pessoas deseja andar na montanha-russa. Se cada carrinho comporta oito pessoas, quantas pessoas ocuparão o carrinho parcialmente cheio?

Quem se importa?

A sra. Davonte passou por mim e deu uma batidinha no meu papel.

"Ao trabalho", disse ela. Como se meu cérebro só trabalhasse na hora da matemática.

Escrevi 53.

A sra. Davonte espremeu os lábios, como se estivesse sentindo um gosto azedo.

"Pode apagar. Melhore, Della."

Apaguei. Escrevi *dois*.

Duas na montanha-russa. Eu e a Suki.

Na hora do recreio, eu, a Nevaeh e a Luisa estávamos conversando debaixo de uma das árvores grandonas quando o Trevor chegou e beliscou as costas da Nevaeh. Bem no meio, um beliscão forte, pegando um pedação de pele. A Nevaeh se encolheu, mas não gritou, muito menos socou o Trevor.

"Rá!", disse ele. "Ainda é um bebezão! Isso vai mudar quando, hein?"

A Nevaeh se afastou dele. Não abriu a boca. Parecia estar segurando o choro.

Eu avancei na direção do Trevor.

"Ei! Para com isso!"

Ele deu meia-volta.

"O que você disse?"

"Eu mandei parar! Eu vi você beliscando ela."

"Ela é um bebezão! E aposto que você também é!" O Trevor mostrou a língua para mim e saiu correndo. Olhei em volta. Nenhuma professora tinha percebido nada.

Uma brisa remexeu um punhado de folhas amarelas pelo chão. O lábio de baixo da Nevaeh estava tremendo.

"Por favor, Della, fica quieta."

"Deixa isso pra lá", completou a Luisa.

"Por que ele beliscou você?", perguntei. "Que história é essa?"

"Ele queria ver se eu estava de sutiã", respondeu a Nevaeh, bem baixinho.

"Pra que você usaria sutiã, sorvete? Você tem 9 anos."

"Shiu! Não grita!"

"Não estou gritando", devolvi, mas baixei um pouco o tom de voz. "Por que é que alguém dá a mínima se você usa sutiã ou não?"

"O Trevor e o Daniel, o irmão dele, gostavam de ficar estalando a alça do sutiã das meninas", explicou a Luisa. "Desde o ano passado. O Daniel estava no sexto ano. A maioria das meninas do sexto ano já usa sutiã. O Trevor e o Daniel achavam graça em ficar puxando as alças. Um dia eles vieram fazer na gente... Só que a gente ainda não usa sutiã. Daí agora ele belisca a nossa pele e chama a gente de bebezão."

"No ano passado vocês estavam no terceiro", respondi. "Não vejo graça nenhuma."

A Nevaeh se contorceu.

"O Trevor vê. Ele faz isso com várias meninas."

"A minha mãe diz que é pra gente ignorar", disse a Luisa, empurrando os óculos no nariz e dando uma tremidinha. "Diz que ele faz isso pra chamar atenção; daí, se a gente não der atenção, talvez ele pare."

"E fica por isso mesmo?"

A Luisa deu de ombros.

"Tentei contar pra nossa professora no ano passado", disse a Nevaeh. "Piorou tudo. Ela não fez nada, e agora o Trevor implica ainda mais comigo."

"Tá de brincadeira?", retruquei. Corri os olhos pelo pátio, à procura dele. "Que sorveteiro!"

"Credo, Della!", soltou a Nevaeh. "Você não pode falar esse tipo de coisa na escola. Vai arrumar problema pra todas nós. Fica calma, tá?"

Eu ignorei. Fui andando até onde o Trevor estava com um bando de garotos. Agarrei o moleque pelo ombro.

"Olha aqui, seu sorveteiro: é bom você não se meter mais com a Nevaeh. É bom não se meter com ninguém."

"Vou contar pra sra. Davonte que você falou *sorveteiro*", disse ele.

"Pode contar. Eu não tenho medo de você, nem dela."

E ele contou. E eu passei o resto do recreio na sala de aula. Tive que escrever cinquenta vezes "Não usarei linguagem inadequada na escola".

Quando a Nevaeh entrou, fechou a cara para mim.

"Eu pedi pra você não fazer nada."

"Que nem eu pedi pra você não olhar o meu teste de matemática?"

Ela arregalou os olhos e a boca.

"Você não pediu..."

"Porque você tomou da minha mão antes!"

"Eu estava te ajudando!"

"E eu te ajudei com o Trevor!"

A Nevaeh balançou a cabeça.

"Ajudou nada. Você vai ver. Só piorou as coisas."

Discordei. Eu tinha defendido a Nevaeh da forma como gostaria de ser defendida.

Além do mais, ele era mesmo um grandessíssimo sorveteiro.

16

Na ACM, depois da aula, as outras meninas ainda foram legais comigo. Eu me sentei com elas para lanchar e fazer o dever de casa — e sim, matemática estava começando a fazer mais sentido —, mas ninguém falou muito. Depois, todas elas correram para a piscina, e eu fui para o ginásio.

No caminho de casa, perguntei à Francine:

"A Suki está trabalhando?"

A Francine conferiu o relógio e fez que sim com a cabeça.

"Até as seis."

"Você pode me levar no Food City? Eu preciso comprar um negócio pra escola."

"Claro. Mas o Food City não é o melhor lugar pra comprar material escolar. Que tal o Walmart?"

Eu neguei com a cabeça. Ela deu de ombros. Quando chegamos ao Food City, ela perguntou:

"Quer que eu entre com você, ou prefere ir sozinha?"

Não tinha me ocorrido que ela entraria comigo.

"Eu vou sozinha."

"Espera." A Francine remexeu a bolsa e pegou a carteira. "De quanto você acha que precisa?"

Eu abanei a mão.

"A Suki paga."

"A Suki ainda não recebeu salário. Além do mais, se é uma coisa de que você precisa, sou eu quem tenho que comprar, não a Suki. Quanto é que custa?"

Eu dei de ombros.

"Uns 2 dólares."

Ela me deu 5. Eu entrei, peguei o que queria e fui até o caixa da Suki.

"O que é que você está aprontando?", perguntou ela.

"Nada."

"Isso é presente pra Francine?"

"Não."

"Sei", disse ela.

Na manhã seguinte, quando entrei na sala de aula, larguei sobre a carteira da Nevaeh o que havia comprado.

"Manteiga. De pecã. Do sul", falei.

A Nevaeh olhou o pote de creme para café. Depois olhou para mim.

"Eu só gosto do de manteiga de pecã do *norte*."

Nós caímos na gargalhada, as duas.

"Me desculpe por ter me metido no lance com o Trevor", falei.

"Me desculpe por ter pegado o teste da sua mão", respondeu a Nevaeh. "Eu só estava tentando ajudar."

Assenti.

"Eu também."

Aí a sra. Davonte mandou todo mundo fazer silêncio e pegar um lápis. A Nevaeh abriu o tampo da carteira, pegou dois lápis e me entregou um.

Eu achei muito legal.

Mais tarde, quando entrei no carro, a Francine me entregou uma mochila.

"Eu vi na promoção, enquanto fazia umas compras na hora do almoço. Você precisa de uma. Também comprei uns lápis."

Era uma mochila bem bonita. E roxa, minha cor favorita.

"A sra. Davonte não vai gostar mais de mim por conta disso", respondi.

Descobri uma coisa: eu parecia estar melhor do que realmente estava. Na escola nova havia umas crianças que apareciam com umas roupas tão imundas que as professoras botavam para lavar ali mesmo, nas máquinas do colégio. Lá tinha um armário cheio de roupas para as crianças usarem enquanto as delas estavam na lavanderia.

Se eu tivesse um visual pior, acho que a sra. Davonte teria mais paciência comigo. Ela era superbacana com as crianças que chegavam à sala de aula com aspecto de sorvete. Quanto a mim... A professora parecia achar que o meu moletom de capuz com glitter limpinho e o tênis de cano alto novo indicavam que eu não tinha nenhum problema, e por isso tinha que fazer todas as tarefas com um sorriso no rosto.

"Isso não quer dizer que você não precise de uma mochila", disse a Francine. "E bota esse moletom pra lavar quando chegar em casa. Tá ficando fedido."

Eu não queria lavar meu moletom. Não estava ficando fedido.

Mesmo assim, ela me obrigou.

Quando a Suki chegou do Food City, estava toda sorridente. Contou que o dia tinha sido cheio, que o trabalho era fácil e que um dos gerentes — não o Tony, outro — falou que ela estava indo bem.

"Eu adoro o barulhinho do *bipe-bipe-bipe* quando estou trabalhando bem rápido", disse ela. "E já decorei metade dos códigos das frutas e dos legumes. Mas tem umas coisas que eu nem sei o que são. Vocês já ouviram falar em chalota?"

Eu neguei com a cabeça.

"É tipo uma cebolinha bebê. Pequenininha. Mas não é cebolinha, é outra coisa. Um quilo de chalota custa tipo 1 milhão de dólares; quando eu perguntei à cliente qual era o gosto de chalota, ela respondeu 'cebola'. Aí eu fiquei pensando... por que é que não compra cebola, então? É tipo muito mais barato."

Ela estava falando super-rápido. Esperei que perguntasse sobre o meu dia. E o que eu tinha feito com o creme para café que tinha comprado na véspera. Ela não perguntou.

"Alimentos funcionais", disse a Francine. "Não faz meu estilo."

Ela botou uns pratos na mesa. Tinha preparado almôndegas e purê de batata de verdade, feito com batatas que ela cozinhava e depois amassava, e feijão de verdade também. Era uma coisa extraordinária. Eu tinha o costume de comer comidas que vinham direto da embalagem.

Esperei uma eternidade. A Suki não perguntou nada sobre o meu dia. Depois do jantar, ela foi para o quarto, dizendo que tinha dever de casa para fazer. Eu fiquei vendo tv com a Francine. A Suki não saiu do quarto. Quando fui me deitar, ela já estava dormindo. Dormiu até as duas da manhã, quando começou a gritar.

Já era a terceira noite seguida de pesadelos.

Na casa do Clifton, a Suki não tinha pesadelos, por mais que lá fosse assustador e muito difícil de dormir. Quando o Clifton não estava, quando éramos só eu e a Suki, às vezes sopravam uns ventos e a casa rangia e estalava, e até a Suki ficava com medo. Ela conferia se as portas estavam todas trancadas, uma, duas, três, depois conferia tudo de novo. Uma, duas, três. Daí a gente ligava a tv num volume bem alto e deixava assim a noite toda.

Nos fins de semana, quando o Clifton estava em casa, as noites eram ainda piores. A Suki ficava tão tensa que as mãos dela tremiam. Eu acabava adormecendo nos braços da Suki, mas ela ficava acordada, encarando a escuridão.

Às vezes, quando eu acordava de madrugada, a Suki não estava no quarto. Às vezes eu achava que eram os gritos dela que me acordavam, ou um choro abafado, bem ao longe. Eu me sentava, berrava o nome dela e ela voltava, dizendo que só tinha ido ao banheiro.

Às vezes, estava secando lágrimas do rosto.

Às vezes, ela tinha um cheiro esquisito, que eu não identificava.

Nessas noites, eu não conseguia voltar a dormir direito. Ficava acordada, e a Suki também. Aquelas eram as noites ruins, as piores.

Toda segunda de manhã, na escola, a minha cabeça parecia cheia de areia. Eu não conseguia aprender as coisas, porque a areia não deixava nada entrar no meu cérebro. Eu só ficava sentada, ouvindo as palavras, mas sem escutar nada. As professoras ficavam loucas.

Mas agora... era muito fácil perceber que a Francine não faria nenhum mal a nós, e que eu e a Suki levaríamos a melhor se acontecesse alguma briga. Ela era durona, mas não tanto quanto a gente. Então eu estava dormindo muito bem, a não ser pelos gritos da Suki.

"O que é que há com você?", perguntei a ela, na quarta-feira.

"*Nada*", respondeu ela. "Que coisa."

Na quinta, a assistente social veio deixar uns folhetos: *Guia para adolescentes em lares de acolhimento* e *Manual da vida independente para jovens*. A Suki nem olhou.

"Não posso ter a guarda da Della se continuar no programa de acolhimento."

"É melhor pra vocês continuar no programa", disse a Francine. "Ninguém vai separar vocês duas."

A Francine pediu de novo à assistente social uma avaliação da nossa saúde mental.

"A Suki está tendo pesadelos toda noite", disse ela.

"Não estou nada", devolveu a Suki, e era uma mentira tão deslavada que a Francine nem se deu ao trabalho de desmentir. "Eu estou *bem*", disse a Suki. "Estou indo à escola e dando duro no trabalho. Eu trabalho o máximo que me permitem. E cuido bem da Della."

"Não é mais sua função cuidar da Della", respondeu a Francine. "É minha."

A Suki olhou a Francine de esguelha. Eu olhei também.

"Também é minha função cuidar de você", disse a Francine à Suki.

A Suki gargalhou alto.

"É, sim", disse a Francine à assistente social. "E é por isso que eu estou insistindo. Elas precisam de uma avaliação. Precisam de terapia."

A Suki abriu um sorriso simpático.

"Não precisamos. Nós estamos ótimas."

"Não estão, não", retrucou a Francine.

A assistente social olhou para a Suki, depois para a Francine, depois para a Suki outra vez, como se não soubesse em quem acreditar. No fim, apenas pediu que nós a mantivéssemos informada e fez mais umas anotações.

Eu também preferiria acreditar na Suki, se ela estivesse falando a verdade. Tipo, eu preferiria que a Suki estivesse ótima. Mas ela não estava.

"Você parece uma panela de pressão", disse a Francine, depois que a assistente social foi embora. "E a água está esquentando."

"Que sorvete é uma panela de pressão?"

"Uma coisa que a minha mãe tinha. Para fazer compota com os legumes que ela plantava na hortinha. É uma panela que a gente enche de água, fecha bem e bota pra ferver. O vapor da água vai fazendo pressão dentro da panela." Ela continuou: "A questão é que as panelas de pressão têm uma válvula em cima, pequenininha. Ela fica girando e evita que a pressão no interior da panela aumente demais. Se a válvula não estiver funcionando direito, pode ser bem perigoso. A panela pode virar uma bomba. Pode explodir."

A Francine encarou a Suki bem nos olhos.

"Fazer muito esforço pra esconder as coisas pode ser explosivo, também. Receber ajuda, tipo uma terapia, funciona como uma válvula de segurança."

"Foi a comparação mais idiota que eu já ouvi na vida", respondeu a Suki.

"Na verdade, é uma comparação muito boa", devolveu a Francine.

Pensei em mim mesma, na escola, tentando aprender as coisas com a cabeça cheia de areia. Eu até que ia gostar de ter uma válvula de segurança. É, eu ia gostar.

17

Na segunda noite de sexta-feira que passei no Food City, sabia que a Nevaeh não estaria lá. Eu tinha perguntado, e ela me contou que o vale-alimentação do governo só seria recarregado dali a oito dias, e que a mãe dela só ia receber o salário dali a seis, então elas não fariam compras de mercado naquela semana.

A Nevaeh tinha me dado um livro para ler. Era da biblioteca da escola, mas foi a própria Nevaeh quem me entregou. Era sobre uma garota como eu, que levava uma vida difícil e planejava roubar um cachorro, para depois devolvê-lo aos donos e receber o dinheiro da recompensa. Eu comecei a ler depois da escola, enquanto ouvia o cachorro do vizinho da Francine latir. O cachorro do vizinho vive acorrentado atrás da nossa casa, latindo o dia inteiro. Se eu roubasse o cachorro do vizinho, não ia devolver, não. Ia levá-lo para bem longe, para ele nunca mais voltar.

Não seria maldade. Eu ia deixar o cãozinho num lugar agradável, perto de uma casa que pudesse estar precisando de um cachorrinho inútil e barulhento.

Eu não sou muito de cachorros. Também não sou muito de livros, a bem da verdade. Mas, enfim, levei o livro comigo. Eu precisava de alguma distração além de limpar a área da padaria.

A Maybelline estava lá outra vez, trabalhando. Quando pedi minha Coca-Cola, ela me deu um biscoito também.

"Por onde você andou?".

"Lugar nenhum", respondi. "Isso tá um tédio."

"É bom manter esse tédio por aqui."

Eu mostrei o livro a ela.

"Humm", disse a Maybelline. "É curtinho. Não vai durar a noite toda."

Ela não sabia como eu lia devagar.

"Não se preocupe", respondi. "Vou ter tempo pra te ajudar a limpar as mesas."

Ela olhou em volta.

"Ainda demora um pouco. Precisamos esperar o povo sair."

Chegou um cliente pedindo duzentos gramas de queijo Havarti, bem fininho. Não, mais fino que isso, não, não tão fino. Ninguém gosta de queijo fatiado tão fino. E meio quilo de peru fatiado. Não, não o defumado. Não tinha promoção de peru? Estava no folheto, peru barato.

Quando o cliente foi embora, a Maybelline acenou para mim. Eu me levantei, na esperança de ganhar outro biscoito. Em vez disso, o que ela disse foi:

"Ninguém nunca te mandou passar condicionador no cabelo?"

"O que é condicionador?", perguntei.

Ela saiu de trás do balcão e atravessou a loja até a seção de saúde e beleza, ao lado da farmácia. Pegou um frasco na prateleira.

"Isso. Passe no cabelo depois do xampu. Vai melhorar esse emaranhado."

Seria uma boa mudança. Eu olhei o cabelo da Maybelline. Lindo, todo trançado, com umas ondas leves.

"Eu queria que o meu cabelo fosse igual ao seu", falei para ela.

Ela me encarou, como se eu estivesse de brincadeira ou sendo maldosa, mas aí viu que eu estava falando sério e sorriu.

"Obrigada."

Eu peguei o frasco de condicionador. Custava 3,99 dólares. Eu não ia comprar com a minha parte dos dez por cento, mas de repente dava para misturar às compras da Francine sem que ela percebesse.

"Obrigada você", falei. E me senti bem por ter alguém um pouquinho preocupada com o meu cabelo. "É muito legal da sua parte."

"Vez ou outra eu sou uma pessoa legal", respondeu a Maybelline. "Agora vá dar uma limpeza nas mesas da área da padaria, sim? Depois repõe o sal nos saleiros e eu sirvo um pouco de macarrão com queijo pra você."

Preciso explicar por que eu e a Suki somos tão fanáticas por macarrão com queijo. Uma vez, há muito tempo, eu estava com fome e não tinha nada para comer em casa. A Suki me levou à casa da Teena, que ficava ao lado da nossa, e a Teena pegou uma embalagem de macarrão com queijo e ensinou a Suki a preparar. Era só misturar leite e margarina ao pacotinho de queijo em pó alaranjado, mas, se a pessoa não tivesse leite, podia usar água, ou mais margarina, ou as duas coisas. A gente se sentou na escada e comeu nossas tigelas de macarrão com queijo.

"Da próxima vez que alguém for ao mercado, peçam várias embalagens de macarrão com queijo e depois escondam algumas", disse a Teena. "Assim vão sempre ter alguma coisa pra comer."

Foi o que fizemos. Na noite em que fugimos da casa do Clifton, aposto que tinha quase umas quarenta embalagens de macarrão com queijo debaixo da nossa cama. Na casa da Francine, a gente já tinha umas cinco ou seis.

Macarrão com queijo de caixinha é bom, mas o servido no Food City é melhor ainda. Eu estava raspando o último restinho de molho de queijo quando ouvi alguém me chamar, bem baixinho.

"Della."

Ergui os olhos, esperando que fosse a Nevaeh — mas no fundo eu esperava outra pessoa, claro.

Era a Teena. Finalmente.

18

Dei um pinote. Joguei os braços em volta dela e soltei um berro. Ela tentou me levantar, eu tentei fazer o mesmo com ela, e nós quase derrubamos uma mesa cheia de tortas.

"Shiu", disse a Teena, com uma risada. Ela olhou por sobre o ombro na direção dos caixas do mercado. A Suki não conseguia nos ver de onde estava posicionada, isso eu sabia.

"Por quê?", perguntei. "Por que a gente tem que falar baixo? Que *saudade*!" Enfiei a cara na barriga dela. A Teena tinha a barriguinha mais macia.

Ela me puxou de volta para a mesa onde eu estava sentada.

"A Suki deixou escapar na escola que você veio pra cá com ela na sexta passada. Aí quis ver se você tinha vindo nesta semana também."

"Por que não foi direto lá na Francine?" A Teena poderia ir até lá no carro da mãe dela, daria no mesmo que dirigir até o Food City.

A Teena fez uma cara esquisita. Ela estava bonita, bonitona... Brincos bem brilhantes, uma sombra verde nos olhos e os lábios com gloss. Unhas pintadas. Minha amiga sempre cuidou muito bem da aparência.

"Eu não sei onde a Francine mora. A Suki não me diz."

"Mas então vocês duas se encontram... Ela vive dizendo que não vê mais você."

"Claro que vê. A gente está na mesma turma de inglês. Tem aula juntas todo dia." A Teena remexeu entre os dedos um sachê de açúcar que estava sobre a mesa. "Como é que você tá, Della?"

"Eu senti muita saudade de você", respondi. "Tudo mudou, umas vinte vezes. Vinte vezes seguidas."

Ela assentiu.

"Estão cuidando bem de você?"

"Estão. A gente tá morando com essa tal Francine."

"Fico feliz."

"E você? Tudo bem?", perguntei.

"Tudo! Claro!", respondeu ela. "A minha mãe tá trabalhando. Talvez eu tente arrumar um emprego, mas a gente só tem um carro, você sabe." Ela estava sorrindo, mas também parecia prestes a chorar, e não entendi por quê.

"Por que a Suki está braba com você? Ela não quer falar sobre isso comigo."

A Teena hesitou.

"Eu descobri o segredinho dela... O segredo que ela não quer que ninguém saiba."

Eu não sabia o que ela queria dizer, mas, antes que eu conseguisse perguntar, ela agarrou as minhas mãos.

"Olha, como eu disse pra ela, vocês não podem sentir vergonha por causa do Clifton, tá bom? Tudo que aconteceu... foi culpa dele. Ok? Não foi culpa sua, nem da Suki..."

"Sai dessa loja agora, sorvete", disse a Suki, num tom alto e frio.

Dei um salto no lugar. Ela estava bem do nosso lado, com uma cara furiosa.

A Teena também deu um pinote.

"Oi, Suki. Eu estava só vendo como a Della tá. Queria ir ver você também..."

"Fora", disse a Suki. "Fora. Daqui."

"Suki, nós estamos no Food City", rebati. "Você não pode expulsá-la daqui."

"Não se preocupe", disse a Teena para mim. "Eu não vou sair."

"FORA!", berrou a Suki.

"Suki!", falei.

Com o canto do olho, pude ver a Maybelline vindo na nossa direção, caminhando mais depressa do que eu imaginei que ela conseguisse. Antes que ela chegasse, porém, outra voz se ergueu:

"Algum problema, senhoritas?"

Era o Tony. Mas não parecia o treinador Tony, nem o cara legal que fazia piadinhas sobre o creme para café. Parecia um fiscal.

Parecia irritado.

Dei um passo atrás.

"Ela tem que sair daqui", disse a Suki. "Ela tem que parar de falar com a minha irmã. Eu não quero que ela..."

"O mundo é livre, Suki. Aqui é um mercado!"

"SAI DAQUI!"

A Suki empurrou a Teena pelos ombros, com força. A Teena deu um passo atrás, tropeçou numa cadeira e caiu no chão.

Fez-se um silêncio completo. Na loja inteira. Pelo menos foi essa a minha sensação.

O Tony então voltou a falar, num tom alto e firme:

"Suki, acabou o seu trabalho por hoje. Vá bater o ponto e pode se retirar."

19

A Suki arrancou o crachá com o nome dela e o atirou no chão. Entrou no escritório e voltou de lá em um instante, batendo a porta. Agarrou meu braço.

"Vamos, Della." E me arrastou para fora da loja.

Por sobre o ombro, vi a Teena, a Maybelline e o Tony reunidos num grupinho, olhando a gente sair, e também todos os outros caixas e muitos clientes, em silêncio e nos encarando, como se não conseguissem desviar os olhos. Luta de sexta à noite no Food City. Tem gente que considera tudo entretenimento.

A Teena levou as mãos ao peito, com os dedos dobrados em forma de coração.

"Suki", falei. "Não quero..."

"*Anda*."

A Suki me puxou pelo braço.

No carro, ela apoiou a cabeça no volante, respirando rápido e com força. As mãos dela tremiam. Eu a encarei. Não via a Suki tão transtornada desde... Bom, desde que a gente entrou no banco de trás daquela viatura de polícia. Na casa da Teena, na noite da nossa fuga.

"Eu não estou entendendo", falei.

Ela respirou fundo.

"Não tem nada pra entender."

"Mas..."

Ela ergueu a cabeça. "Della, cala a boca, está bem? Cala essa boca."

Nunca na vida a minha irmã tinha me mandado calar a boca.

"Não!", retruquei. "Você falou que nunca mais tinha visto a Teena, só que vocês estão se vendo todo dia. Eu sinto saudade dela! Estava achando que ela não queria mais ser nossa amiga. Estava achando que ela não se importava com a gente..."

"CALA ESSA BOCA!" A Suki deu a partida no carro. Pisou no acelerador, aí o carro inteiro estremeceu: as rodas da frente, as de trás. O carro foi para cima, foi para baixo. A gente tinha batido em alguma coisa. Ou em alguém. Eu gritei.

"É só o meio-fio!", exclamou a Suki. Ela avançou com o carro e dobrou uma esquina. Os pneus rangeram.

Minha irmã estava cantando pneu no estacionamento do Food City.

"Eu quero sair", falei. "Você tá dirigindo feito uma louca."

Ela freou com força. Eu tentei abrir a porta, mas ela apertou um botão e fechou o trinco.

"Fica calma", disse ela. "Tá tudo bem. Põe o cinto de segurança."

"Por que você mentiu pra mim sobre a Teena?"

Ela foi avançando em direção a um semáforo, sem me olhar.

"Eu não menti."

"Mentiu, sim, sorvete." A Suki não respondeu. "Teena falou que foi porque ela descobriu o seu segredo."

A Suki virou os olhos para mim, depois de volta para a rua. O semáforo abriu. Ela fez a curva numa alameda.

Parecia encurralada. Desesperada.

"*Não*", disse ela.

"Que segredo é esse?"

"Não tem segredo nenhum. Mas, se tivesse, seria *segredo*, não é? Ou seja, não ia ser da sua conta."

Ela acelerou, depois meteu o pé no freio para não trombar numa picape.

"Tá tudo bem com você, beleza? Deixa isso quieto. Eu estou cuidando de você."

"Não, não tá não..."

"CALA A BOCA! Beleza? Eu estou fazendo o melhor que posso. Não estraga tudo."

Chegamos à garagem da Francine.

"À meia-noite, a gente vai buscar a Francine", disse a Suki. "Não fala nada sobre hoje, tá bom? Finge que não aconteceu. A Francine não precisa saber."

Nós entramos na casa. A Suki foi para o nosso quarto e se trancou lá dentro. Eu bati à porta e chamei o nome dela, mas fui ignorada.

Minha barriga doía.

Dali a pouco, liguei a TV. Fui me deitar no sofá e peguei no sono.

À meia-noite, a Suki me acordou. Voltamos para o carro e dirigimos até o centro da cidade. A Francine estava esperando na porta do O'Maillin's com duas amigas, gargalhando como se tivesse se divertido bastante. Entrou no carro ainda rindo. Eu estava no banco de trás, remexendo o cinto de segurança.

"Tudo bem com vocês, meninas?"

"A nossa noite foi ótima!", respondeu a Suki, com uma alegria tão falsa que eu tive certeza de que a Francine perceberia a mentira.

Se ela percebeu, não falou nada. Nem eu. A Suki dirigiu para casa e estacionou na entrada da garagem. Todas saímos. A Francine foi até o porta-malas.

A Suki já estava subindo a escada da frente.

"Abre o porta-malas, Suki", disse a Francine. "A gente tem que pegar as compras."

A Suki gelou.

"Ai, sorvete. Esqueci as compras."

"A gente não fez compras", respondi.

A Francine se virou para mim.

"Vocês passaram a noite toda no mercado e se esqueceram de fazer as compras?"

"A Teena apareceu lá, aí a Suki ficou furiosa."

"Ah." A Francine olhou pra gente. Entrou em casa, tirou o casaco e se largou no sofá. "Querem me contar o que aconteceu?"

A Suki contou a história toda. Ficou o tempo todo parada na porta, de punhos cerrados.

"Fica calma, Suki", disse a Francine. "Amanhã a gente faz as compras. Da próxima vez que acontecer alguma coisa, me contem de uma vez."

Claro. Porque, se a gente arrumar problema demais, vamos ter que morar noutro lugar.

"Será que você ainda tem emprego?", perguntou a Francine.

A Suki deu de ombros.

"Duvido."

"Que diabo você tinha na cabeça?"

"Eu falei pra Teena cuidar da vida dela. Falei pra ela ficar longe da Della e de mim..."

"Suki, *o que aconteceu?*", perguntei.

Ela se virou para mim.

"Como assim, 'o que aconteceu'? Você sabe o que aconteceu! A nossa mãe deu no pé e deixou a gente com um monstro! A gente teve que morar com ele! Por cinco anos! Foi isso o que aconteceu! Você sabe disso, Della. Você estava lá."

Eu não teria usado a palavra *monstro*. Pelo menos não até a noite da fuga.

A Suki saiu pela porta da frente. A Francine foi atrás. A Suki estava sentada na escada, com a cabeça enfiada entre as mãos. Chorando.

"Acho melhor eu conversar com a sua assistente social", disse a Francine. "Vou ligar pra ela na segunda. Quando é o seu próximo dia de trabalho?"

A Suki fez uma careta.

"Na segunda."

"Certo." A Francine tocou a Suki no ombro, e ela se encolheu. "Entra, vai dormir. Tudo vai passar."

Enquanto escovava os dentes no banheiro, peguei um guardanapo que estava no bolso do meu casaco. Lá no Food City, quando a Suki foi até o escritório, a Teena tirou uma caneta da bolsa, rabiscou algo num guardanapo da padaria e empurrou na minha mão. Enfiei no bolso, rapidinho, antes que a Suki saísse.

Já em casa, desdobrei o papel e olhei. Era um número de telefone. O telefone da Teena.

Eu me sentei no vaso sanitário e li o número várias vezes, até decorar. Depois meti o guardanapo num cantinho do armário da pia, atrás de uns rolos de papel higiênico, só por garantia.

Fui para o quarto. A Suki estava na cama de cima, deitada sobre os cobertores, ainda toda vestida. Encarando o teto. "Você se incomoda de dormir na cama de baixo hoje?", perguntou ela.

Eu me incomodava. Claro que eu me incomodava.

"Por quê?"

"Eu só quero ficar sozinha. Quero ficar sozinha."

Eu não queria. Mesmo assim, eu me encolhi na cama de baixo. Dava para ouvir as batidas do meu coração. A casa da Francine já não parecia tão segura. A minha irmã também não.

20

De manhã, quando me levantei, a Francine já estava na cozinha, tomando café.

"Oi, menina", disse ela.

"Oi." Peguei um pouco de cereal com passas e me sentei para comer.

"Não quer botar um pouco de leite?"

"Não." Eu gosto de cereal crocante.

Ela se sentou à mesa ao meu lado.

"Não entre em pânico. Estamos todas bem."

"Quanta confusão é confusão demais", perguntei, "pra você ficar com a gente?"

A Francine balançou a cabeça.

"Muito mais que isso. Ninguém entra pro programa de acolhimento por motivos alegres. É sempre difícil. Eu entendo que você e a Suki estejam com raiva."

"Eu não estou com raiva", devolvi.

"Seja qual for o seu sentimento."

"Eu estou bem."

Quando a Suki se levantou, nós três fomos até o Food City. A Francine foi dirigindo. Ao chegarmos, eu e a Francine fomos fazer compras e a Suki foi até o escritório. Quando voltou, estava sem expressão.

"E aí?", perguntou a Francine.

"Nada", respondeu a Suki.

"Nada de emprego?"

"Nada de consequência. Nenhum gerente do dia sabe de nada do que aconteceu. O Tony não registrou." Ela balançou a cabeça. "Eu ainda vou trabalhar depois da aula na semana que vem. Mas ele cancelou o meu turno na próxima sexta."

"Ele está te dando outra chance", disse a Francine.

"Por quê?"

"Talvez por ser o homem mais legal do mundo."

A Maybelline não estava no balcão da padaria, mas, quando passamos pela seção de saúde e beleza, eu me lembrei do condicionador que ela tinha me falado para comprar. Peguei um frasco da prateleira e mostrei à Francine.

"Tudo bem", disse a Francine. "Se você acha que precisa, tá ótimo."

"Mesmo custando *3,99 dólares*?" Naquela semana a gente não ia ganhar os dez por cento. A Suki só tinha desconto durante o turno de trabalho.

A Francine suspirou, como se não aguentasse mais a gente.

"Eu falei pra vocês que estou fazendo isso por causa do dinheiro", disse ela.

"Então não vai querer gastar nada com a gente."

"Não. Não é assim que funciona." A Francine se aprumou um pouco. "Estou recebendo por um trabalho. Esse trabalho é cuidar de vocês. Isso significa fornecer tudo de que vocês precisem. Roupa, corte de cabelo, médico, dentista. Advogado, assistente social. Terapeuta. Tudo. Se o seu cabelo precisa de produtos especiais, o meu trabalho é providenciar isso pra você."

"A Della não precisa de produtos especiais", resmungou a Suki.

"O meu cabelo é diferente do seu!"

A Suki parecia nervosa.

"Eu sempre cuidei direito de você."

Respirei fundo.

"Só porque você sempre deu o seu melhor, não quer dizer que eu não possa usar condicionador."

A Suki cravou os olhos em mim. Eu cravei os meus nela.

"É só um *condicionador*", soltei. Eu devia ter permissão para dizer um palavrão desses.

Na segunda-feira de manhã, na escola, irritei a Nevaeh outra vez. Começou quando fui devolver o livro a ela.

"Você leu?"

Eu fiz sinal positivo com a cabeça. Foi assim que passei quase toda a tarde de domingo. A Suki e a Francine mal me deram atenção.

"O que achou?", perguntou a Nevaeh.

"Ah. Normal."

Ela ergueu as sobrancelhas.

"Normal? É melhor que *normal*." Ela parecia aborrecida. "Eu adorei."

"Não foi um final muito feliz", respondi. "Quer dizer, eles não precisaram mais viver no carro, e o cachorro voltou pra casa, mas as coisas não se ajeitaram. A qualquer momento eles podem ter que voltar praquele carro. Talvez os amigos uma hora resolvam não ajudar mais. Não foi a melhor coisa. Não foi *permanente*."

A Nevaeh parecia bem irritada.

"Mas foi *muito* melhor que morar no *carro*. Eles podiam dormir tipo em camas de verdade."

"Sim, claro. Mas..."

"Você nunca teve que morar num carro, teve?"

"Bom... Não, mas..."

A sra. Davonte bateu palmas para chamar nossa atenção e me dispensou uma olhada especial quando tentei continuar conversando com a Nevaeh. Eu tinha feito algo errado, mas não sabia o que era. Às vezes parecia que todo mundo entendia as regras, menos eu.

Na hora do recreio, acompanhei a Nevaeh até o pátio. Ela se sentou num balanço, e eu me sentei ao lado dela.

"Você tinha razão", falei. "Eu andei pensando. O livro é muito bom, mesmo."

Ela me encarou.

"Você só tá falando por falar."

"Não, é sério!"

"E mudou de ideia por quê?"

Eu respirei fundo e disse a verdade:

"Eu quero ser sua amiga. Se pra isso eu tiver que gostar do livro, então eu gostei muito, muito do livro."

Ela me olhou um instante, depois riu.

"Você não tem que gostar de tudo que eu gosto. É só que... esse livro é muito importante pra mim, de verdade." Ela fez uma pausa, depois continuou: "A gente perdeu o nosso apartamento faz uns anos, quando o meu pai foi embora. Eu e a mamãe. Agora a gente tá bem melhor."

Mesmo sem que ela dissesse as palavras, eu tinham escutado. Disse por ela:

"Vocês tiveram que morar num carro."

"Só umas noites. Mas eu odiei." Ela desenhou um círculo na terra com o dedão do pé. "Eu gostei de ler o livro, sabe? De saber que isso não aconteceu só comigo."

Com o meu dedão, desenhei um círculo ao lado do dela.

"A minha irmã sempre morreu de medo de que a gente fosse parar na rua. Só que a gente não tinha carro."

Havia umas cem crianças no pátio. Correndo, rindo, gritando, chutando bolas. Mas parecia que éramos só eu e a Nevaeh.

"Você sentiu medo?", perguntou ela.

Neguei com a cabeça.

"Não. Eu sabia que a Suki cuidaria de mim." Ela sempre cuidou.

"A minha mãe é quem cuida de mim", disse a Nevaeh. "Ela cuida *muito bem* de mim. Mas mesmo assim a gente perdeu o apartamento."

"Onde é que vocês moram agora?"

"Noutro apartamento. Eu te falei, a gente tá melhor agora."

"A gente também tá melhor. Eu e a Suki." Soltei outro suspiro. "A gente tá num lar temporário. A Francine é a nossa mãe de acolhimento. É assim que chamam."

A Nevaeh arregalou os olhos.

"Morar num lar temporário é melhor que o que vocês tinham antes?"

"É", respondi.

"Uau. Que dureza." Ela falou que nem a Francine.

"Pois é. É mesmo."

Naquela noite, a Suki voltou do trabalho e foi direto para a cama. Quando fui chamá-la para jantar, ela estava coberta até a cabeça, dormindo profundamente.

"Deixa", disse a Francine. "Ela não vai morrer de fome de hoje pra amanhã."

Mais tarde, fui me deitar ao lado dela. Quando acordei para fazer xixi, ela estava acordada, encarando o teto.

"Tudo bem?", perguntei.

"Claro", respondeu ela.

Horas depois, ela começou a gritar. Àquela altura, já estávamos acostumadas.

21

Na tarde seguinte, quando a tarefa era resolvermos os problemas de matemática, o Trevor se levantou e começou a andar na direção do fundo da sala de aula. Estava indo apontar o lápis, imaginei. Ao passar pela carteira da Nevaeh, ele esticou o braço e beliscou as costas dela. De novo. A Nevaeh deu um pinote, mas não emitiu som algum.

Mais que depressa, eu estendi o pé para fora da carteira. Consegui pegar as pernas do Trevor, e ele tropeçou e se estatelou no chão. Ele então se levantou, pronto para me bater.

"Ela me chutou!", gritou o garoto.

"Desculpa, Trevor", respondi. "Foi sem querer. Não seja um *bebezão*."

O Trevor ficou vermelho. Olhei para a Nevaeh. Ela também estava muito vermelha: baixou os ombros e encarou o tampo da carteira.

A sra. Davonte se aproximou.

"Della", disse ela.

"Eu não chutei ele", respondi. "Talvez eu tenha feito ele tropeçar, mas não foi de propósito. Eu juro."

"Guarde os pés debaixo da carteira, Della."

"Que sorvete! E o Trevor? Não tem que guardar as mãos? Ele beliscou a Nevaeh!"

Ixe. Não era minha intenção dizer aquilo. A Nevaeh ergueu o queixo e me olhou de esguelha.

"Desculpa", falei.

Não teve jeito. A sra. Davonte só prestou atenção numa palavra que eu tinha dito, e dá para imaginar qual foi. Fui proibida de ir para o pátio na hora do recreio, e a sra. Davonte me deu outro bilhete para a Francine assinar.

"Della...", disse, "quando é que você vai aprender a segurar a língua?"

Ela não percebe. Eu seguro a língua o tempo todo.

Quando entrei no ônibus para ir à ACM, tinha um assento vazio ao lado da Nevaeh. Fiquei parada no corredor, sem saber se ela me queria junto.

"Ah, pode sentar", disse ela.

"Não foi de propósito", falei.

"Foi sim. Você esticou o pé. Eu vi."

"Bom, *isso* foi de propósito. Mas não eu ter falado que ele te beliscou. Sei que você não quer que eu fale."

Ela assentiu.

"Não quero. Além do mais, seus palavrões são piores que os da turma toda junta."

O Trevor entrou no ônibus e se largou no primeiro banco, onde o motorista o obrigava a se sentar. Estava rindo.

"São palavras", eu disse à Nevaeh. "Todo mundo se aborrece, mas palavrões são só *palavras*. Ele tá te machucando. Não devia ter permissão pra fazer isso."

"Eu não quero que você compre as minhas lutas, Della. Isso é assunto meu. Não seu."

"Mas você não luta", devolvi.

Ela suspirou.

"Não é tão importante assim."

Para mim, era.

22

A Suki lutava por mim, e eu luto por mim, e é por isso que o Clifton está preso. Vai ter julgamento, e vai ser fácil, porque a gente tem provas, e difícil, porque dá medo e porque é uma droga ter que testemunhar contra o Clifton. Mas a verdade é que eu me safei bem depressa. Ele me fez passar pela pior coisa da minha vida, pelo menos até aquele momento. Mas durou só uns minutos. Difícil, fácil, difícil, fácil.

Difícil, difícil, difícil.

Mesmo assim, o que o Clifton fez comigo não é a parte mais difícil desta história.

Enfim, estou me adiantando. Na quarta-feira seguinte, tive que ir a... não sei como se diz, como é o nome oficial. Fui ao lugar onde as crianças contam histórias como a minha quando alguém vai ser julgado. Porque eu era muito pequena, e essas coisas são muito difíceis, então eu podia contar a história noutro lugar para não ter que ir ao tribunal. Eles iam me filmar falando e mostrar o vídeo no tribunal, para que eu não tivesse que testemunhar pessoalmente.

O lugar era uma casa velha, no meio de um bosque, com um balanço no gramado. A Suki e a nossa outra assistente social, de quem eu nunca consigo lembrar o nome (como também não lembrava o da primeira), mas que está organizando tudo para o julgamento, foram comigo até lá na quarta-feira, depois da escola.

Desde o início, a Suki estava tensa, feroz e alerta. Pegou a minha mão quando nós entramos e ficou sentada bem pertinho de mim na sala de espera, com as pernas coladas nas minhas.

"Você vai ficar bem?", perguntou ela.

Minha boca estava seca. Fiz que sim com a cabeça.

Eles me levaram lá para cima sozinha. Eu me sentei numa poltrona estofada. Minhas pernas não alcançavam o chão. Uma mulher explicou sobre a câmera de vídeo e contou como aconteceriam as coisas na hora do julgamento — e sim, sim, eu já sabia daquilo tudo.

O meu coração batia mais depressa que de costume. Não sei por quê. Nada me machucaria ali, naquela sala, com a Suki bem no andar de baixo.

Contei a minha história. Falei sobre as fotografias que a mulher me mostrou, que tinham sido impressas a partir do celular da Teena. Expliquei como as fotos tinham chegado ao celular da Teena. Expliquei sobre o Clifton, sobre a nossa vida na casa dele, expliquei que a gente precisava guardar segredo sobre não sermos de fato filhas dele.

"Por que vocês escondiam isso?", perguntou a mulher. Eu sabia que ela estava perguntando para que a minha resposta fosse gravada. Na verdade, ela não queria saber.

"A Suki mandava eu não falar", respondi. "E também a gente não tinha outro lugar aonde ir; precisávamos morar em algum lugar."

Àquela altura, as minhas mãos tremiam e eu estava meio enjoada. Recordar aquilo tudo e pensar a respeito era difícil, mas nem de longe tão difícil quanto ver as fotos e comentar sobre elas.

"Ótimo", disse a mulher, desligando a câmera. "Meus parabéns, Della. Você foi muito corajosa."

Em seguida, nós voltamos lá para baixo. A Suki deu um pulo e me abraçou com força.

"Sua vez", disse a mulher à Suki.

A Suki ficou branca, como se todo o sangue do corpo dela de repente tivesse descido para os pés. E ficou tensa também.

"Pra quê?", perguntou num tom raivoso. "Eu tirei as fotos, não tirei? Vocês sabem disso."

"Sim", disse a mulher, com muita gentileza. "Mas preciso que você fale sobre aquele momento. Diante da câmera, para a hora do julgamento."

"É só isso, né? Porque eu não vou... não vou..."

Eu devia ter percebido a verdade naquela hora, ao ver a mandíbula da Suki toda rígida. O tremor na voz dela. Como se os pesadelos e a história com a Teena já não tivessem bastado.

Eu devia ter percebido.

"É só isso", respondeu a mulher. "A não ser que..."

A Suki balançou a cabeça com força: *não*. E agarrou a minha mão.

"Quero que a Della entre comigo."

Então nós subimos novamente, e dessa vez eu me sentei numa cadeira simples, no canto, e a Suki se sentou na poltrona rosa estofada. Parecia braba e insolente, e falou muito *sorvete, sorvetão, sorveteiro, sorveteria*. A mulher que operava a câmera ficava tentando ser simpática, e a Suki só fazia rebater. Tinha a voz tensa e amarga.

No final, a mulher agradeceu a ela.

"Não consigo nem imaginar como foi difícil para você. Tão pequena, tentando tomar conta da sua irmã, passando tanto tempo sozinha. Você era muito menina para esse tipo de responsabilidade."

Eu nunca imaginei que as coisas tinham sido piores para a Suki do que para mim. A Suki era tão forte...

"Era bem melhor quando o Clifton estava fora do que quando estava em casa", comentei.

A mulher me olhou, de boca aberta.

"Tem toda razão, sorvete", disse a Suki, depois agarrou a minha mão e me puxou pela escadaria abaixo.

E assim acabou a nossa participação no julgamento.

Era o que eu achava, pelo menos.

23

Naquela noite, no jantar, perguntei à Francine: "Quanto tempo o Clifton vai pegar?"

"Se tudo correr bem — e deve correr —, provavelmente uns dois anos", respondeu ela.

"Sério?" Eu sabia que ele tinha feito uma coisa muito ruim. Só de pensar, me dava enjoo. Mas não sabia se as pessoas de fato cumpriam pena por aquele tipo de coisa.

A Suki largou o garfo.

"só isso?"

"Segundo a legislação", disse a Francine. "Enfim, é o que o advogado estima, pelo menos. O que você esperava?"

Eu não esperava muita coisa. Além do mais, nunca escutava os advogados. Eu tentava, mas quando as pessoas falavam do Clifton quase sempre começava um zumbido na minha cabeça, como se um enxame de abelhas viesse me invadir. Eu não conseguir ouvir uma palavra.

A Suki falou um monte de sorvete.

"Foi só daquela vez, não foi?", perguntou a Francine. "E só o que você pegou na foto?"

A Suki me encarou.

"Foi", respondi. Era verdade.

Graças a Deus.

"Estou falando de vocês duas", disse a Francine, e a Suki franziu o rosto. Mais tarde, lembrei daquilo.

Chegamos à parte da história em que eu conto o que aconteceu. O que aconteceu comigo.

Era uma quinta à noite. Isso é importante. O Clifton saía com o caminhão toda segunda de manhã, antes até de eu ir para a escola, e nunca, nunca voltava antes de sexta à tarde. Às vezes voltava até depois — quando o tempo piorava, acontecia algum acidente na estrada ou coisa do tipo, ele chegava no sábado, mas nunca na quinta-feira. As noites de quinta eram boas.

A Teena e outros amigos delas queriam que a Suki fosse ao cinema com eles. Não dava para ir ao cinema a pé de onde a gente morava — não dava para ir a lugar nenhum a pé —, mas a Teena tinha pegado o carro da mãe dela emprestado, e tinha um filme que todo mundo queria ver, um lá de super-herói.

"A gente tem que levar a Della", disse a Suki.

"Não tem espaço pra todo mundo no carro, Suki. O que a gente vai fazer? Enfiá-la no porta-malas?"

Eu já tinha andado no porta-malas uma vez, mas era menorzinha. Não foi tão legal quanto achei que seria.

"Além disso, o filme é pra maiores de 16", continuou a Teena. "Nunca vão deixar a Della entrar."

"E também não quero ir", falei. Me parecia meio bobo.

"Hoje é *quinta*", disse a Teena.

"Eu sei", disse a Suki.

Mesmo assim, ela ficou indecisa. Fuxicou a bolsa, a minha mochila e as almofadas do sofá atrás das moedinhas que caíam do bolso do Clifton; depois foi até a máquina de lavar e olhou as coisas que ela tirava dos bolsos do Clifton antes de lavar a roupa da semana. Achou uma nota de 20 dólares, então ela tinha dinheiro para o cinema.

"Vai", eu disse. "Eu não ligo."

E não ligava mesmo. Era fim de agosto, e a noite estava clara, quentinha e agradável. Eu podia ficar sentada na escada dos fundos até o anoitecer, quando os mosquitos começavam a chegar; tinha um lanchinho para comer, e eu realmente não ligava. A Suki costumava me deixar sozinha quando tinha alguma coisa para fazer. Às vezes eu gostava de ficar sozinha.

"A minha mãe vai estar em casa, caso ela precise de alguma coisa."

A Suki me deu um beijinho.

"Volto às nove, no máximo", prometeu.

O Clifton chegou em casa às 20h30.

Eu estava usando meu pijama roxo curtinho.

Era quinta-feira. Nunca soube por que ele tinha voltado numa quinta-feira.

O Clifton bateu na porta da frente. Olhou para mim de um jeito que me fez dar um salto, embora eu não soubesse bem por quê.

"Já estou indo dormir", falei.

"Cadê a sua irmã?"

"Dormindo."

Ele nunca tinha encostado em mim. Mesmo assim, eu não confiava nele. Naquele instante, soube que jamais confiaria. Os pelinhos do meu pescoço se eriçaram, feito espinhos.

"Ela não tá em casa, não é?", perguntou.

E sorriu, igualzinho fazia quando queria dizer alguma coisa malvada.

Olhei para o relógio. Eram só 20h30. Ainda faltava meia hora para a Suki chegar. Tentei ouvir o carro da mãe da Teena, mas estava o maior silêncio. Senti o estômago se embrulhando.

"Você me deve", disse o Clifton. "É isso o que eu digo pra sua irmã. Você mora aqui, então me deve."

Naquela época, eu não sabia que existia gente como a Francine. Gente que jamais me amaria, mas pelo menos me manteria em segurança. Mais ou menos.

O Clifton nos dava casa e comida, mas em nenhum momento estivemos em segurança com ele.

"Já estou indo dormir", repeti.

Ele deu um passo à frente. Eu recuei. Ele avançou. Eu recuei. Minhas pernas tocaram a parede da sala.

Fiquei encurralada.

O Clifton pôs a mão na minha perna, por dentro da coxa. Segurou a minha pele, por debaixo do short.

"Não!" Tentei me afastar.

Ele riu. Envolveu meu pescoço com a mão bruta. Com a outra, afastou o elástico do meu short. E foi deslizando a mão por trás.

Por dentro da minha calcinha.

Eu gritei. Não que alguém fosse ouvir.

"Fica quietinha", disse ele.

Tentei escapar.

Ele segurou meu short e puxou para baixo.

A calcinha também.

Comecei a chorar.

"Por favor, não..." Eu não sabia o que mais ele ia fazer, na verdade, mas tinha certeza de que não queria que acontecesse. "Por favor!"

Clic.

Ergui os olhos e vi a Suki, parada diante da porta, com o celular na mão.

Tirando fotos.

Clic, clic, clic.

Eu ainda estava paralisada. O Clifton olhou para o lado. Soltou um urro e partiu para cima da Suki.

Ela deu um salto para fora do quarto. Eu me joguei entre as pernas do Clifton e o fiz tropeçar. Coisa de um segundo, mas foi o suficiente.

Ele abriu a porta, tomou o telefone da Suki, atirou na escada de concreto e pisou em cima com a bota pesada. Eu ouvi o estalo dos pedacinhos se partindo.

"Corre, Della. Pra casa da Teena."

Subi o short. Disparei pela porta dos fundos e corri até o pátio. A Suki me alcançou. Segurou a minha mão. A gente correu, correu, correu até a casa da Teena e subiu os degraus da varanda da frente.

A Teena escancarou a porta telada.

"Amiga, que sorvete é esse? Que sorvete de mensagem foi esse que você me mandou?"

"Reenvia", disse a Suki. "Não apaga. Reenvia, depressa, antes que ele chegue e arrebente o seu celular também. Ele tentou machucar a Della. Eu não vou deixar."

A mãe da Teena apareceu na varanda. Olhou as fotografias.

"Entrem", disse ela. Nós entramos. A mãe da Teena trancou a porta. "Teena, vai trancar a dos fundos."

Ela pegou o próprio celular. E ligou para a polícia.

"Por favor", disse a Suki, agarrando o braço dela. "Não chama a polícia."

A mãe da Teena puxou o braço.

"Por favor", disse a Suki. E começou a chorar, desesperada. "Por favor, não..."

"Mãe, elas podem vir morar aqui!", disse a Teena.

Mesmo assim, a mãe da Teena seguiu em frente. A polícia veio, viu as fotos, começou a fazer perguntas. A Suki chorou e chorou, depois vomitou, depois xingou a mãe da Teena de um monte de nomes. No fim das contas, acabou tudo igualzinho ao dia do incêndio no hotelzinho. O Clifton foi embora numa viatura da polícia, algemado. A Suki e eu fomos em outra, de mãos dadas.

"Vai ficar tudo bem", sussurrei várias vezes, mas vi que a Suki não acreditava em mim.

Aí nós conhecemos a bruxa do lar temporário, depois a Francine.

Ainda não cheguei na pior parte da história.

Está chegando. Mas falta um pouco.

24

Na quinta-feira de manhã, encontrei o creme de manteiga de pecã do sul em cima da minha carteira. Ainda fechado. A Nevaeh estava sentada no lugar dela, com o rosto meio virado.

"Não vai querer?", perguntei.

Quando ela se virou, vi que sorria.

"Estou deixando aos seus cuidados. Por enquanto."

Sorri, aliviada.

"Não acredito que você não acabou com ele ainda."

"Como você sabe que é o mesmo pote?", perguntou ela. Depois acrescentou: "A minha mãe não toma café. Acho que não dá pra pôr creme na Coca-Cola."

Abri o tampo da minha carteira e guardei o pote.

"A gente pode tentar."

"Tenta você", disse ela. "Quer dormir lá em casa amanhã? A minha mãe deixou."

"Ah." Uau. Eu sabia que as pessoas faziam essas coisas. Amigos faziam essas coisas. Só que eu nunca tinha feito. "Acho que vou ter que pedir pra Francine."

"Claro, ué. É assim que funciona. Você me passa o número dela, e hoje à noite a minha mãe telefona pra perguntar."

"Tá bom." Tudo aquilo era novidade. "Às vezes eu não sei as regras", expliquei à Nevaeh.

"Eu costumo saber", disse ela. "Você pode sempre me perguntar."

"Não", disse a Suki.

"Suki!"

"A gente não sabe nada dessas pessoas. Não sabemos quem mora na casa. Não sabemos que tipo de coisa eles fazem."

"É só a Nevaeh e a mãe dela."

"Você não tem certeza disso."

"Eu vou perguntar", disse a Francine. "Essa função é minha." Ela olhou para a Suki. "E a decisão também é minha. Não sua." Ela se virou para mim. "Della, você quer ir?"

"*Quero*. Poxa, Suki, você vai estar trabalhando mesmo. Não é como se a gente fosse se divertir juntas." Eu gostava do Food City e da Maybelline, mas não tanto quanto de estar com a Nevaeh.

"No Food City eu ia saber onde você estava. Ia saber que você estava segura."

"Mas você vai saber. Vou estar com a Nevaeh. E com a mãe dela. Isso é superseguro", falei. Ela não respondeu. "É uma mãe de verdade, Suki."

A Suki apenas me olhou de esguelha.

Quando a mãe da Nevaeh ligou, a Francine fez várias perguntas pessoais e confirmou se ela sabia que eu era uma criança acolhida. Falou que precisava informar isso, pois era parte das regras do programa de acolhimento. Falou também que a Suki estaria trabalhando no Food City e que ela própria estaria na rua com umas amigas, mas deixou o número do celular com a mãe da Nevaeh e disse que poderia me buscar a qualquer momento, por qualquer motivo.

Eu não imaginava um motivo que fosse me fazer ligar para a Francine.

"Você também podia fazer isso", eu disse à Suki. "Podia dormir na casa da Teena, depois do trabalho."

"Não na casa da..."

"De alguma outra amiga", interrompi. Ela me encarou. "Agora a gente pode fazer essas coisas, Suki."

"Eu não sabia que você estava tão desesperada pra se livrar de mim."

"Falou a pessoa que me mandou pro grupo extraclasse sem nem avisar."

Enfim. A Francine mandou a gente parar de palhaçada. Eu e a Suki ficamos o resto da noite sem nos falar. Até as duas da manhã, quando ela acordou gritando outra vez e eu cantei "Esquinemarinque" até ela voltar a dormir.

Na sexta de manhã, coloquei na mochila o pijama, umas calcinhas limpas, minha escova de dentes e outras coisinhas.

"Será que você finalmente se lembrou de trazer o maiô?", perguntou a Nevaeh, quando cheguei à escola.

Ela tinha me lembrado tipo umas sessenta vezes. Guardei a mochila no armário, dentro da sala de aula.

"Eu não tenho maiô", respondi. "Nunca tive. Nunca entrei numa piscina."

A Nevaeh riu.

"Por que você não avisou? Na salinha da piscina eles guardam um monte de maiôs velhos. Não tem problema você pegar um."

Eu quase fiz uma careta — maiô usado não era ainda mais nojento que sapato usado? Ainda bem que não fiz, porque ela acrescentou:

"Eu peguei o meu lá."

Nadar... era assustador, talvez até horripilante. Eu olhei para a Nevaeh e abri um sorriso.

"Tá bom", respondi.

No fim das contas, maiô usado não é tão nojento quanto sapato usado. A água da piscina tem cloro, que é quase o mesmo que água sanitária, então os maiôs usados eram feios e desbotados, mas tinham cheirinho de limpeza. A pessoa que estava na salinha da piscina me ajudou a revirar a caixa e encontrar um que talvez coubesse em mim. Eu, a Nevaeh e a Luisa nos trocamos no vestiário. Eu vesti o maiô o mais depressa que pude, e mesmo assim foi esquisito não estar usando mais roupa.

"É que nem entrar na banheira?", perguntei. Na casa do Clifton não tinha banheira, nem na da Francine, mas as banheiras que a gente via na TV eram sempre cheias de bolhinhas de sabão, e as pessoas que entravam nelas pareciam quentinhas e confortáveis.

A Nevaeh ergueu as sobrancelhas.

"Claro."

"Bom, não muito...", disse a Luisa, metendo o cabelo numa touca de plástico.

"O melhor é pular direto, sem pensar!", soltou a Nevaeh. Ela pegou minha mão, deu um salto e me puxou junto.

Eu caí na água mais fria do universo.

Juro, aquela piscina estava cheia de icebergs.

Eu me levantei, cuspindo água, os dedões dos pés mal tocando o fundo, as orelhas a ponto de congelar e cair da minha cabeça. A Nevaeh desandou a gargalhar.

"Olha a sua cara", disse ela. "A sua cara."

Enquanto isso, a Luisa foi descendo a escada, um passinho atrás do outro, de cara franzida.

"Eles não aquecem as piscinas?", perguntei. Gostava de tomar banho quente.

"Eles falam que aquecem", respondeu a Luisa. "Mas a água nunca tá quente."

"A gente se acostuma", disse a Nevaeh. "E é mesmo melhor entrar de uma vez só."

"Mais ou menos." Da metade da escada, a Luisa tapou o nariz e mergulhou. Foi até o fundo e depois subiu, dando risadinhas.

Numa das bordas da piscina havia um escorregador inflável. A gente subiu, escorregou e foi parar numa parte mais funda que a minha altura. Eu não conseguia tocar o fundo, e não conseguia tirar a boca de dentro d'água. Ia me afogar ali mesmo. A Nevaeh agarrou meu braço e foi me puxando até um ponto mais raso. Do lado de fora da piscina, um dos orientadores soprou um apito para mim.

"Só pode escorregar depois que aprender a nadar."

Beleza. Afogamento não tem graça. A Luisa pegou umas pranchinhas para nós e me ensinou a segurar a prancha e bater as pernas. Fui batendo, batendo, até chegar do outro lado. Meio parecido com os dribles do basquete. Depois a gente praticou sem a prancha, mas na parte rasa, tipo pulando, batendo as pernas e espalhando água. Eu não estava nadando, mas deu mais ou menos para entender a sensação. Talvez conseguisse aprender, se continuasse praticando.

A mãe da Nevaeh foi buscar a gente na ACM. Parecia cansada, mas sorriu ao nos ver e deu um beijo na Nevaeh. Tipo, o comportamento de uma mãe de verdade. Do jeito que era na TV.

"Me desculpem por isso, mas vamos ter que passar no Food City", disse ela, na saída do estacionamento. "Não tem nada em casa pra vocês comerem, meninas."

Eu comecei a rir. Era tão perfeito. Sexta à noite. Com uma amiga. No Food City.

"Mãe", disse a Nevaeh. "O Food City é onde tem o creme. É o lugar que a Della mais gosta no mundo."

A primeira coisa que nós fizemos enquanto a mãe da Nevaeh pegava um carrinho foi dar um oi à Suki. Ela sorriu, mas não me abraçou nem parou de registrar as mercadorias.

"Estou em horário de trabalho", disse ela.

Apontei para a mãe da Nevaeh.

"Olha, ela é bem normal."

A Suki revirou os olhos.

Depois nós corremos até a área da padaria para ver a Maybelline. Ela também sorriu.

"Como é que você está?", perguntou ela, enquanto pegava uns biscoitos.

"Ótima." O meu cabelo ainda estava molhado da piscina, mas mostrei umas mechas a ela. "Não deve dar pra perceber, mas estou passando condicionador. Obrigada. Não vou poder ficar pra te ajudar hoje. Desculpa."

"Tudo bem. Fico feliz por você ter vindo me ver."

Depois disso, eu e a Nevaeh passamos um tempo pulando amarelinha nos azulejos da seção de hortifrúti. Trombamos numa gôndola de laranjas e derrubamos um monte. As laranjas saíram rolando, e a gente teve que correr atrás.

Enquanto ainda empilhávamos as laranjas de volta, o Tony se aproximou.

"Oi, corações", disse ele, sorrindo. "Que bom ver vocês. Gostaram dos biscoitos grátis?"

Eu fiz que sim com a cabeça. A Nevaeh meteu a mão na gôndola de vegetais. Pegou um treco marrom esquisito e perguntou ao Tony o que era.

"Isso é uma couve-nabo", respondeu o Tony.

"E serve pra fazer o quê?"

"Honestamente? Não faço ideia."

A gente riu. E riu também do creme de café sabor cheese-cake de morango, no corredor seguinte. Ainda gargalhávamos quando alcançamos a mãe da Nevaeh. Ela sorriu para nós.

"Sosseguem, meninas."

A Nevaeh tinha pegado a couve-nabo. E a largou no carrinho uma hora em que a mãe não estava olhando. A mãe dela não percebeu, nem na hora de pagar. Foi a Suki quem pegou, revirou os olhos para mim e me mandou pôr de volta no lugar.

Quando chegamos ao prédio onde a Nevaeh e a mãe dela moravam, nós duas ajudamos a levar as compras para cima. Já que elas não tinham secadora de roupas, a Nevaeh me mostrou um cantinho no banheiro onde eu poderia pendurar o meu maiô molhado.

Na cozinha, a mãe da Nevaeh estava preparando sanduíches. Abri a geladeira para olhar o que tinha dentro.

"Della, isso é falta de educação", disse a mãe da Nevaeh.

"Ah." Fechei a porta. Encarei o chão. Eu não sabia.

"Às vezes a gente tem que ensinar as regras pra Della", explicou a Nevaeh.

"Pois bem, acabei de fazer isso", disse a mãe da Nevaeh, num tom bem normal, e me senti melhor. "Está com muita fome? Daqui a um pouquinho sai o nosso lanche."

"Nem tanta", respondi. "Eu só fiquei pensando, sabe... O que as famílias normais comem?"

A mãe da Nevaeh riu.

"Ah, meu docinho. Não existe isso de família normal."

Nós ficamos acordadas até depois da meia-noite, as três, vendo umas coisas esquisitas na TV. A mãe da Nevaeh fez uma tigelona de pipoca e a gente dividiu. Depois disso, eu e a Nevaeh nos enroscamos debaixo do cobertor, no chão da sala, apagamos as luzes e ficamos conversando, até que ela dormiu bem no meio de uma frase — foi fechando a boca antes de terminar a última palavra. Eu ajeitei o travesseiro, espichei bem as pernas e dormi também. Era a primeira noite que eu passava longe da Suki. E estava ótimo.

Ninguém gritou de madrugada. Na manhã seguinte, a mãe da Nevaeh fez panquecas para nós. Foi muito, muito legal.

25

Quando cheguei em casa, a Suki estava de péssimo humor. Tinha recebido a escala da semana e só ia trabalhar seis horas. Segunda e quinta.

"Eu falei que queria ir toda sexta!", disse ela. "Não vou estragar as coisas de novo."

Ela tinha gastado os dez por cento da compra da Francine em tintura de cabelo preta, entre todas as coisas. Ficou parecendo uma vampira. Não falei nada. Tentei contar a ela sobre a casa da Nevaeh.

"Olha, não estou nem um pouco interessada, beleza?", disse ela. "Eu vi você com elas. Vi que estava superdivertido. Bom pra você."

Ela não parecia contente.

"A Teena apareceu lá de novo", disse ela. "Atrás de você."

Eita.

"Vocês brigaram mais uma vez?"

"Eu nem abri a boca. Não vou ser despedida por causa da Teena. Mas é bom que ela te deixe quieta."

Pensei no número da Teena, bem guardadinho na minha memória e no guardanapo no armarinho debaixo da pia do banheiro. Vi a Suki andando pela casa, de cara feia.

Eu não podia ligar para a Teena do telefone fixo, com a Suki ouvindo. Fui até a Francine.

"Pode me emprestar seu celular? Quero mandar uma mensagem pra minha amiga." Não falei qual amiga.

Mandei uma mensagem de texto para a Teena. TUDO BEM AQUI. VALEU. E VOCÊ?

Um minuto depois, chegou a resposta. QUEM É?

DELLA. CELULAR DA FRANCINE.

Ela mandou um emoji de coração. ADICIONEI AOS CONTATOS. AGORA POSSO SABER DE VOCÊ.

Devolvi o telefone à Francine. Ela abriu as mensagens e leu a conversa.

"Ei!", exclamei.

"O celular é meu", retrucou ela, e guardou o aparelho no bolso.

"O que foi?", perguntou a Suki.

"Nada", respondi.

Uma semana inteira se passou, e não falei sorvete nem arrumei briga com o Trevor. Fiz meus deveres de casa na ACM, depois nadei com a Nevaeh e a Luisa todos os dias, mas às vezes dava saudade do treinador Tony e do basquete.

A Suki foi para a escola, trabalhou dois turnos e dormiu. Só isso. Não sei se ela estava fazendo o dever de casa. Não sei nem se ela tinha dever de casa. Antes tinha, às vezes.

O rosto dela estava ficando mais fino e anguloso. Toda noite ela acordava gritando. A Francine ligou para a nossa assistente social para falar sobre a Suki, mas se fechou no quarto durante a ligação. Colei o rosto do outro lado da porta, mas não consegui ouvir nada.

Nós estávamos preocupadas com a Suki. Mas não era o suficiente.

Na sexta, quando eu e a Francine chegamos em casa, a Suki já estava deitada, dormindo profundamente. A Francine franziu o cenho.

"Tudo bem você ficar aqui hoje com a sua irmã?"

"A gente tá bem", respondi. "Não tem problema você sair. Eu dou conta do jantar."

A Francine meneou a cabeça.

"Tem umas sobras na geladeira. Se precisar de alguma coisa, pode me ligar."

Enquanto a Francine se arrumava para sair, fui olhar a Suki. Ela estava na cama de cima, toda enroscada nas cobertas. Eu a cutuquei.

"Sai daqui!", disse ela.

Depois que a Francine saiu, vi um pouquinho de televisão, daí fui cutucar a Suki outra vez.

"Oi", falei. "Quer fazer um macarrão com queijo pra gente?"

A Suki acordou e se sentou.

"Será que eu tenho que fazer TUDO pra você?", ela urrou. "Você não sabe fazer nem um macarrão com queijo?"

Dei um passo atrás. Meu estômago embrulhou. Os cantinhos dos meus olhos se encheram de lágrimas.

"Não, Suki..."

"Você tem 10 anos de idade! Eu passei o sorvete da vida inteira cuidando de você! Tive que cuidar de você com 6 anos! Foi coisa demais, beleza? Eu era muito pequena! *Quando é que alguém vai cuidar de mim?*"

Àquela altura eu já estava aos prantos, as lágrimas escorrendo pelo rosto.

"Suki...", soltei, engasgada.

"Me deixa em paz. Só hoje, ok? Sai daqui. Me deixa em paz." Ela cobriu a cabeça com o cobertor.

Eu saí. Deixei a Suki em paz.

Queria não ter deixado.

Preparei meu macarrão com queijo. Ficou horrível. O macarrão ficou meio duro, e não escorri a água direito, então o molho ficou ralo. Mesmo assim, comi tudo. Não ajudou a melhorar minha dor de estômago. Sexta à noite era a pior noite, sempre. Eu queria estar no Food City com a Suki.

Se eu soubesse fazer pipoca, teria feito. Uma tigelona. Talvez assim a Suki acordasse, aí a gente poderia ver algum filme bobo, esbarrando as mãos dentro da tigela para pegar pipoca.

A casa da Francine era muito diferente da do Clifton, mas eu sentia como se estivesse outra vez na casa do Clifton.

Lá pelas nove da noite, ouvi a Suki chorando. Fui até o quarto e subi na cama, ao lado dela.

"Eu odeio sexta-feira", disse ela.

"Eu sei."

Tentei dar um abraço. Ela me empurrou.

"Por favor, não encosta em mim hoje. Só me deixa quieta, por favor."

Eu ergui a mão espalmada. Ela não tirou a dela de debaixo da coberta.

"Vem", falei. "Esquinemarinque…"

"Hoje. Não." A Suki virou o corpo para a parede.

Voltei para a sala. Fuxiquei minha mochila e encontrei um livro que estava esquecido, da biblioteca da escola. Tudo sobre lobos. Eu li. Os lobos viviam em grandes famílias chamadas matilhas. Antes estavam ameaçados de extinção, mas agora estavam melhor.

No fim das contas, acabei me deitando na cama de baixo. A Suki roncava sobre a minha cabeça. Adormeci antes de a Francine chegar em casa. Achei que estivesse tudo bem, de modo geral.

Eu não podia estar mais equivocada.

26

De madrugada, acordei para fazer xixi. Olhei a cama de cima. A Suki não estava lá. Enfiei a mão sob as cobertas. A cama não estava quente.

Onde ela se meteu? Senti os pelinhos dos meus braços se eriçarem.

O relógio da cômoda marcava 2h48. Já passava da hora da gritaria habitual. Avancei pelo corredor no maior silêncio possível. A Francine sempre deixava a luz perto do fogão acesa durante a noite toda. Vi a Suki sentada numa cadeira, à mesa da cozinha.

Sobre a mesa havia uma faca.

Era uma das facas da Francine, comprida e afiada. Uma que ela usava para picar cebola. A Francine tinha preparado o jantar com essa faca na quinta, depois eu ajudei a secar a louça e guardei a faca de volta na gaveta, mas agora ela estava em cima da mesa. A Suki estava aninhada na cadeira, abraçando os joelhos, olhando aquela faca como se fosse a melhor coisa do mundo, ou a pior. Como se não ousasse desviar os olhos. Como se a faca fosse um objeto perverso, talvez enfeitiçado; como se entoasse uma canção que só a Suki podia ouvir.

Minha boca secou. Fiquei imóvel. Lembrei de uma cena que vi num filme, uma vez, em que alguém topava com uma cobra venenosa. Se a pessoa se mexesse, a cobra atacava. Se não se mexesse, também.

Acho que a Suki não me ouviu. Ela não ergueu os olhos. Fiquei o mais parada possível, quase sem respirar. Uma parte do meu cérebro rodopiava. Eu não sabia o que fazer. Na outra parte, porém, as coisas foram se encaixando. Todos os pequenos sinais que eu tinha captado, mas não compreendia. A dor no rosto da Suki. Todas as noites de insônia. Todos os dias dormindo demais.

Era a Suki quem pagava pelo nosso abrigo na casa do Clifton.

O que ele tinha feito comigo era só um pedacinho do que fazia com ela.

Por mais que outras coisas tivessem acontecido depois, aquele momento, aquele entendimento foi a pior coisa de todas. É isso.

A parte mais horrível da minha história: o Clifton passou anos fazendo mal à Suki.

A Suki ergueu o olhar e me viu. Agarrou a faca, depressa e com força.

"SUKI!", gritei.

Ela cravou a faca no próprio punho.

Sorvete, sorvete, sorvete. Se a coisa tivesse acabado pior, aquela faca, a Suki segurando aquela faca, teria sido a pior coisa, claro, mas mesmo assim aquele instante foi a segunda pior coisa. Foi, é e sempre vai ser um sorvete de tão difícil.

27

O sangue espirrou para todo lado, como se saísse de uma mangueira. A Suki ficou olhando para aquilo tudo, aturdida. Disparei na direção dela. A faca desabou no chão.

"FRANCINE!", gritei.

Ela chegou correndo.

"Ai, SORVETE!" Pegou um pano de prato e apertou bem firme no punho da Suki. "Della, chama a ambulância." Então fui eu que fiz a ligação.

O pessoal da ambulância enrolou uma atadura ainda mais apertada por sobre o pano da Francine. Prenderam a Suki numa maca e entraram com ela na ambulância. Depois disseram à Francine que só tinha espaço para mais uma pessoa lá dentro.

"Que coisa ridícula", disse ela. "Nós vamos as duas. Della, pode subir."

A Suki passou por tudo em completo silêncio. De um lado da maca, o socorrista fez umas coisas no pulso dela para estancar o sangramento. Eu me ajoelhei do outro lado e deitei a cabeça no peito dela.

"Desculpa, desculpa, desculpa", falei, aos soluços.

A Suki não se mexia. Mas ainda respirava. Ela não morreu.

Não morreu na ambulância, nem morreu no hospital.

A Suki não morreu, mesmo tendo rompido uma artéria. A Francine falou que tinha sido um azar danado ter rompido a artéria daquele jeito, mas acho que ela tinha uma boa mira, simples assim. A Suki teve que ser operada, e os médicos abriram um pouco mais o braço para poder costurar, ou coisa assim, sei lá, eu já não estava escutando mais nada. Parei de escutar quando a médica falou que ela ia ficar bem. Meus ouvidos pararam de funcionar e minhas mãos ficaram molengas, e juro que teria desabado no chão se a médica não tivesse me segurado pelos ombros ali mesmo, na sala de espera, e me abraçado. Ela falou um monte de coisa. Ainda bem que a Francine estava lá para ouvir, porque eu não consegui.

Umas horas depois, fomos ver a Suki. Ela estava sozinha num quarto, deitada na cama, dormindo, a cabeça acomodada num travesseiro. O braço esquerdo estava todo enrolado numa atadura. No direito havia um acesso intravenoso com um remédio gotejando por um tubinho.

"Ela está bastante sedada", disse a enfermeira. "Não esperem muita interação."

Eu me sentei na beirada da cama e comecei a encarar a minha irmã, até que ela abriu os olhos.

"Me desculpa", sussurrou ela.

"Me desculpa também", respondi. "Me perdoa." Eu me debrucei em cima dela. "Por favor, não me deixa."

"Eu não quero. Não quero, de verdade." Ela fez uma pausa, depois fechou as pálpebras. Quando as abriu outra vez, pegou a minha mão. "Eu só queria parar de sentir dor. Só por um minuto. Eu não estava aguentando... mas na hora em que fiz aquilo, desejei não ter feito. Quis voltar atrás."

"Se eu não tivesse acordado..."

"Eu teria gritado. Acho que teria pedido ajuda. Espero que sim."

"Tá doendo?"

"O meu pulso dói." A Suki fechou os olhos. "A cabeça dói. Tudo. É tanta dor..." As palavras saíam arrastadas.

"Não me deixa", repeti, mas talvez ela já não estivesse mais ouvindo.

Outra médica entrou e começou a falar com a Francine. Tinham consertado o braço da Suki, mas agora precisavam consertar o que estava escangalhado no cérebro dela para que ela não voltasse a querer se machucar daquele jeito.

Eu sabia o que tinha dado errado.

"O Clifton", falei. E a mamãe também. E eu.

É minha culpa, disse uma voz na minha cabeça. Uma voz horrível. Insistente. *Minha culpa. Minhaculpaminhaculpaminhaculpa.*

Se eu tivesse sido mais legal, ou se não tivesse ido para a casa da Nevaeh... Se tivesse percebido o que o Clifton estava fazendo. Se tivesse deixado que ele fizesse comig...

Não. Não era aquilo.

Se eu tivesse protegido a Suki. Como ela me protegia.

"Tentei várias vezes pedir ajuda pra ela", disse a Francine. "Implorei por assistência de saúde mental. *Que sorvete.*"

A médica parecia solidária.

"A gente vai cuidar dela agora."

"E da irmã dela", disse a Francine. "É bom que elas concordem em fazer terapia. Nenhuma criança passa pelo que elas passaram sem sofrer as consequências. Caramba, a essa altura a gente já devia saber."

A médica explicou que a Suki seria transferida para outro hospital, um hospital psiquiátrico, onde ficavam as pessoas que estavam com o cérebro avariado.

"Um hospital psicótico?", soltei, com a voz trêmula. "Ela teve um surto psicótico?" *Feito a mamãe. Ela ia desaparecer, feito a mamãe.*

A médica olhou para mim.

"Psiquiátrico. É outra palavra. As pessoas psicóticas perdem o contato com a realidade. Não é o caso da sua irmã. Os hospitais psiquiátricos tratam vários tipos de doenças mentais."

"A Suki não é doente mental", respondi.

A Francine colocou a mão no meu ombro.

"Lembra quando vocês acharam que eu estava chamando vocês de loucas? Quando pedi ajuda à assistente social? Às vezes, quando coisas ruins acontecem, a cabeça da pessoa fica mexida. Não é culpa sua, nem da Suki."

"A sua irmã precisa de ajuda", disse a médica. "Ela vai passar uma semana internada, depois deve migrar para a terapia ambulatorial. Nós vamos cuidar bem dela."

A Francine pegou o celular.

"Vou pedir pra uma amiga vir buscar a gente."

"Calma aí", falei. Peguei o telefone da Francine e digitei o número da Teena.

Esperamos no corredor, do lado de fora do quarto da Suki. Eu tinha informado o número do quarto à Teena. O trajeto da casa da Teena até o hospital, que ficava do outro lado da cidade, em geral levaria pelo menos uns vinte minutos, mas a Teena e a mãe dela chegaram bem depressa.

Não consegui evitar. No instante em que vi a Teena, desabei a chorar. Ela me abraçou e ficou me balançando, para a frente e para trás. "Pronto, pronto, pronto", disse ela. "Passou, passou."

A mãe da Teena e a Francine olharam uma para a outra.

"Ela precisava de ajuda", disse a mãe da Teena, num tom de sei-lá-qual-é-o-seu-problema. "Pelo que a Teena me contou, ela já devia estar recebendo todo tipo de ajuda. Não era pra ter chegado a esse ponto."

"Concordo." A Francine passou a mão no cabelo. "Já faz semanas que estou pedindo uma avaliação de saúde mental. O governo não dá atenção." Ela suspirou. "Nem eu achava que a coisa estava tão ruim, e olha que conheço todos os sinais de alerta. Além do mais, eu devia ter percebido mais cedo o que aquele sorveteiro fazia com ela."

"Você *sabia*?", gritei. E dei um salto para socar a Francine. A Teena me segurou.

"Descobri hoje à noite", respondeu a Francine. "Mesmo assim, é só um palpite. Mas é isso, não é? Você também acha? Aquele homem... Ele fez coisas horríveis com ela. Durante anos, provavelmente."

Engoli em seco. E assenti. As lágrimas escorriam pelo meu rosto.

A Suki tinha muito medo do Clifton. Sentia muito ódio por ele, mesmo se esforçando para fingir que não havia nada de errado.

Anos.

O meu terror tinha durado sessenta segundos. O da Suki tinha durado anos.

A Teena segurou firme os meus ombros.

"É verdade. Eu perguntei a ela, logo antes de a polícia chegar. Ela não falou nada, mas pelo olhar que ela me deu eu soube a resposta."

A Teena sabia, e a mãe da Teena sabia.

"Por isso ela não queria ficar perto de você", falei. "Por isso também não queria que eu me aproximasse." Não era que a Teena não conseguisse guardar segredo. Ela só não guardaria aquele. Provavelmente não guardaria.

E a Suki não queria que ninguém soubesse.

Nem eu, inclusive.

Muito menos eu.

Mesmo estando tão perdida que cravou uma faca no próprio pulso.

Mesmo estando tão machucada que faria qualquer coisa para estancar a dor.

Eu entendia. Fazia sentido, e ao mesmo tempo... não. A Suki estava no hospital. Tinha quase morrido. Eu não estava entendendo nada.

Por um instante, a minha mente esvaziou, branca, tranquila e paralisada. Respirei fundo. Assim era mais fácil, mas não era real. Balancei a cabeça, e o mundo retornou.

"A gente achou que ela tivesse contado pra polícia", disse a mãe da Teena. "Aquela noite. Imaginamos que ela tinha precisado contar. Achamos que todo mundo sabia da história."

A Francine balançou a cabeça.

"Só o que ficou registrado nas fotos. Foi só isso que entrou no boletim."

"Só a minha parte", acrescentei.

A Teena entrou no quarto para ver a Suki.

"Pelo menos agora ela vai receber a ajuda necessária", disse a mãe da Teena.

"Devia ter recebido antes", falei.

"Pois é", disse a Francine. "Alguém devia ter ajudado vocês duas. Já faz muito tempo que alguém devia ter prestado atenção."

A mãe da Teena levou a gente para casa. A Francine foi no banco da frente. Eu fui atrás, com a Teena. Ela me abraçou, como a Suki faria.

"Obrigada por ter me ligado", sussurrou ela. "Continua ligando, tá bom? Vai me avisando como ela está. E como você está."

"Foi culpa minha", sussurrei. "Ela ficou muito braba comigo. Ontem à noite. Falou que tinha que fazer tudo pra mim."

A Teena me puxou para perto.

"Não foi culpa sua."

"Ela sempre teve que cuidar de mim."

"Mesmo assim, não foi culpa sua."

Era como eu me sentia. Quando o Clifton me atacou, a Suki agiu bem depressa para me salvar. Mas ninguém tinha corrido para salvar a Suki. Nem eu.

28

De volta em casa, a Francine falou para eu não entrar na cozinha. Ela me mandou direto para a cama. Já era dia claro. De manhã. A gente tinha passado quase a noite toda em claro.

"Espera", disse a Francine. "Quer um chocolate quente ou coisa assim?"

Mais do que nunca, ela parecia um cachorro bochechudo. Ainda vestia a calça de flanela que costumava usar para dormir e um moletom velho e folgado. Tinha o rosto todo amassado e o cabelo desgrenhado, quase tão emaranhado quanto o meu num dia ruim.

"Por que sorvetes eu ia querer chocolate quente?"

Ela deu de ombros.

"Isso não é... sei lá... reconfortante? Não sei. Parece uma coisa que alguém faria... chocolate quente."

Pensei na cozinha, toda lambuzada com o sangue da Suki. Na faca ainda largada no chão. Pensei em entrar naquela cozinha e preparar um chocolate quente. Justo um chocolate quente.

Comecei a rir.

A Francine também.

"Sem condição pra chocolate quente, não é?", disse ela.

Assenti. Minhas gargalhadas começaram a se transformar em lágrimas. A Francine acenou para que eu fosse para o quarto. Subi na cama de cima e afundei o rosto no travesseiro da Suki. Demorei muito, muito a dormir.

Quando acordei, já passava da hora do almoço. Era sábado. Eu estava sozinha. Digo, a Francine estava em casa, mas não a Suki.

Mesmo quando passei a noite com a Nevaeh, sabia exatamente onde a Suki estava: no Food City, depois na Francine. Agora, ela estava num lugar que eu não conseguia visualizar. Até onde eu sabia, ela podia estar em Marte. Em Memphis. No Kansas, com a mamãe.

A Francine ligou para o hospital psiquiátrico. Informaram que a Suki estava internada, em segurança, mas não deixaram a gente falar com ela. Explicaram que tinham iniciado um plano de tratamento. Falaram que nós poderíamos buscar a Suki dali a uns dias, talvez uma semana, talvez mais. Eles avisariam.

A Francine e eu nos sentamos no sofá, uma ao lado da outra. Não fizemos nada. Ela já tinha limpado a cozinha. Eu tinha ido olhar. A faca estava guardada na gaveta.

Num dado momento, ela soltou:

"Quer dar uma caminhada?"

"Até onde?", perguntei.

A Francine deu de ombros.

"Tá um dia lindo de outono."

Estava mesmo, mas eu nunca tinha saído só para caminhar. Enfim, não fazia diferença. Calcei meus sapatos.

Primeiro, fomos no carro da Francine até um estacionamento, a poucos minutos de distância. Pensei que a gente podia simplesmente ter saído andando, sem entrar no carro, mas daí saímos do carro e vi um caminho. Não era rua, mas também não era calçada: era só um trecho de terra batida, à beira de um córrego. De cada margem subia uma encosta cheia de árvores. As folhas eram de várias cores, vermelhas, douradas e marrons, e o ar cheirava a pão torrado.

"Tá vendo?", disse a Francine, enquanto caminhávamos. "É um parque. É bem legal."

"Acho que sim. Pra que lado a gente vai?"

"Vamos andando por aqui. Quando você ficar de saco meio cheio, me avisa. A gente dá meia-volta e retorna pro carro."

"Sério? É assim que funciona?"

"É", respondeu ela.

Umas pessoas nos ultrapassaram, pois caminhavam mais depressa. Outras cruzaram conosco, vindas do sentido oposto. Algumas traziam cães na coleira, farejando a terra. Um monte de gente, fazendo algo que eu não sabia que as pessoas faziam.

"Tem lobo por aqui?", perguntei. Eu tinha visto um cachorro que parecia um lobo.

"Aqui neste parque, ou aqui no Tennessee?"

"Ah, por aqui." A gente estava muito perto da Virgínia.

A Francine soltou um suspiro.

"Em Bays Mountain tem alguns, eu acho. Costumava ter. É um parque perto de Kingsport."

"É muito longe daqui?"

"Uma meia hora. De carro."

Pensei a respeito.

"A gente pode ir lá qualquer dia?"

"Se você quiser...", respondeu a Francine. Depois de um tempo, acrescentou: "Os lobos ficam enjaulados. É tipo uma exposição. Que nem no zoológico."

Fiz uma careta.

"Ah." Não queria ver lobos enjaulados. Eles lembrariam muito a Suki. "Quero ver lobos selvagens."

"Acho que, pra isso, você teria que ir pro oeste."

"Nashville?"

"Montana."

Ah. Eu tinha aprendido sobre os cinquenta estados no terceiro ano, mas não conseguia lembrar absolutamente nada sobre Montana. Acho que lembraria se tivessem falado que há lobos em Montana.

"A gente pode ir pra Montana?", perguntei.

"Provavelmente não." A Francine não parecia lamentar. "Mas no verão a gente pode viajar pra praia. Todo ano eu passo uma semana na praia."

"Onde fica a praia?" Eu sabia o que era praia.

"A gente costuma ir pra Myrtle. Na Carolina do Sul. Tem muito hotel lá. Muita gente, muito restaurante, minigolfe, essas coisas. Tem picolé. Você vai gostar. Você já viu o mar?"

Eu neguei com a cabeça.

"É muito bacana. Eu passo o ano inteiro esperando por essa viagem."

A Francine sabia que eu tinha começado a nadar na ACM. Toda noite ela me lembrava de botar meu maiô para secar. Na manhã seguinte, eu guardava o maiô seco na mochila.

"Antes da nossa viagem, vou comprar um maiô novo pra você", disse ela. "O que você pegou na ACM tá ótimo, mas, quando a gente for viajar, ele já vai estar bem surradinho. Sempre tem promoção de maiô no Walmart durante a primavera."

"A Suki vai precisar de um também."

"A gente compra um pra Suki", disse a Francine.

Era estranho, pois estávamos conversando sobre tudo, menos sobre o que a Suki tinha feito — sendo que eu não conseguia pensar em outra coisa. As árvores, o passeio e o papo sobre a praia eram legais, me distraíam, mas a minha mente não largava a Suki. Principalmente a Suki segurando a faca. E a Suki gritando. *Será que eu vou sempre ter que cuidar de você?* E a Suki me resgatando do Clifton. E ninguém resgatando a Suki.

"Podemos dar meia-volta agora?", perguntei. "Podemos voltar pra casa?"

"Claro", disse a Francine.

No dia seguinte — domingo —, fomos até o Food City. Tivemos que ir. Não tinha nada para comer em casa. A Francine já tinha ligado para avisar que a Suki não trabalharia naquela semana. Explicou que ela estava no hospital, mas não falou que era um hospital especial para gente com o cérebro escangalhado, gente que tinha tentado se machucar de tão machucada que já estava.

"Essa história é dela", disse a Francine, quando perguntei por que ela não tinha falado nada. "Ela que conte do jeito que preferir."

Fazia sentido.

O Food City não tinha muita graça aos domingos. Havia outra pessoa na área da padaria, não era a Maybelline. Eu não podia pedir o biscoito grátis a uma estranha, porque sabia que já tinha passado da idade. Também não vi o Tony. Nós só fizemos as compras. Não conseguimos o desconto da Suki. Eu não pude escolher nada para mim.

"E se despedirem ela?", perguntei, quando saíamos.

"Pode ser que despeçam", disse a Francine. "Se despedirem, ela arruma outro emprego. Tem muito lugar contratando." Ela suspirou. "Ou ela pode simplesmente passar um tempo sem trabalhar, sabe?"

"Ela tem que trabalhar. Tem que economizar."

"Na verdade, ela não tem, não. A Suki pode continuar no programa. Vocês duas podem."

"Não", devolvi.

Só que... e se a Suki tivesse morrido? O que teria acontecido comigo?

Eu precisava da Suki para cantar pra mim. Precisava da Suki para segurar a minha mão.

Durante o fim de semana, passei quase o tempo todo feliz por saber que a Suki ainda estava viva, mas na segunda de manhã eu só conseguia ter pensamentos horríveis. *E se a Suki tivesse morrido? Como é que eu ia viver sem ela?* E aquela voz insistente, lá no fundo, feito um trem barulhento avançando pelos trilhos da minha mente: *Minha culpa. Minha culpa. Minha culpa.*

Eu sentia um aperto por dentro. Não tinha dormido — não consegui me acostumar a ficar sozinha no quarto — e não estava acreditando que teria que ir para a escola. Mas fui. E a Francine foi trabalhar.

Começamos com uma sessão de ditado. Eu tinha me esquecido totalmente — não que fosse estudar antes, mas enfim —, e não gosto de ditado nem quando estou num dia bom. A sra. Davonte ditou uma palavra que eu nunca tinha ouvido na vida, juro, e não fazia ideia de como escrever. Fiquei encarando a folha de papel em branco. Não sabia nem por onde começar.

A sra. Davonte ditou a segunda palavra. Passou por mim, olhou meu papel e parou. Deu uma batidinha na folha.

"Espero que você tente, pelo menos", disse ela.

Eu não me mexi. Tinha listado os números na lateral da folha, de um a vinte. Ainda faltavam dezoito palavras.

A sra. Davonte ditou a terceira palavra.

Tipo, eu estava ouvindo. Meus ouvidos estavam funcionando. Mas entre os ouvidos e o cérebro havia uma espécie de parede feita de Clifton. Do que ele tinha feito. De como era morar na casa dele, sentindo medo o tempo todo. De como era saber que eu tinha sentido apenas uma partezinha de todo aquele medo.

De como tinha sido para a Suki.

A Suki com aquela faca na mão.

"Della", disse a sra. Davonte, com outra batidinha no meu papel. "Tudo bem se você tentar e errar. O problema é você nem tentar."

Errar. E. R. R. A. R. *Eu sei escrever isso.*

Morrer. M. O. R. R. E. R. *A Suki. Não. Morreu.*

A sra. Davonte ficou parada ao meu lado.

"Só saio daqui quando você escrever uma palavra nesta folha de papel."

Eu escrevi SORVETE.

Só que não foi exatamente *sorvete*, claro.

SORVETE. SORVETE. SORVETE. SORVETE.

29

A sra. Davonte me puxou pelo ombro e me arrastou até o corredor.

"Você não me engana com esse teatrinho bobo, Della! Você tem que melhorar! Você deve isso a si mesma!"

Eu revirei os olhos.

"Que. Se. Dane."

Ela me mandou para a sala da diretora. Pelo menos escapei do ditado.

"Bom dia, Della", disse a diretora — a dra. Penny.

"Não tá muito bom", respondi.

Era a primeira vez que eu ia parar na sala dela — isso tudo foi bem antes da história da árvore genealógica —, por isso a gente ainda não se conhecia.

"O que traz você aqui?", perguntou ela.

Dei de ombros.

"A sra. Davonte não gostou da palavra que eu escrevi no ditado."

A dra. Penny perguntou que palavra eu tinha escrito. Eu falei.

"Você escreveu corretamente?"

Talvez eu tivesse achado graça em outra hora. Naquele momento, somente assenti. A dra. Penny perguntou:

"O que houve, Della?"

E eu comecei a chorar.

Eu odiava chorar, e sentia que não tinha feito nada além de chorar, e ainda assim lá estava eu outra vez, o rosto cheio de lágrimas e ranho. A dra. Penny não disse mais nada. Estendeu uns lenços de papel para mim e mandou que eu me sentasse na poltrona confortável dela. Quando parei de chorar, ela sugeriu que eu ficasse quietinha até me acalmar. Não perguntou de novo o que tinha acontecido. E foi bom, porque eu não sabia explicar.

Pouco antes do recreio, voltei à sala de aula. Assim que a sra. Davonte dispensou a turma para o refeitório, a Nevaeh agarrou meu braço. Eu dei um pinote, mas ela não soltou.

"Della", disse ela, me encarando bem nos olhos, "o que aconteceu?"

Dessa vez eu não chorei, mas também não respondi. Com o cantinho do olho, vi a sra. Davonte inclinando o corpo para tentar escutar. Eu não queria que ela ouvisse. Balancei a cabeça com força. A Nevaeh assentiu. Não disse mais nada. Pegou a lancheira e se sentou ao meu lado, quase encostando o ombro no meu. Comemos juntas, em silêncio. Ninguém disse uma palavra.

A Nevaeh era minha amiga de verdade.

Ao fim do dia, a sra. Davonte escreveu alguma coisa num pedaço de papel, pôs num envelope, lacrou e me entregou.

"Entregue isso à sua mãe."

Eu devolvi o envelope a ela.

"Melhor mandar pelo correio. Não que ela vá responder." A sra. Davonte me encarou. "A minha mãe tá presa. No Kansas."

Eu estava sentada na minha carteira. No tom que falei, provavelmente metade da turma tinha ouvido. Eu não liguei. Já tinha passado daquele ponto.

A sra. Davonte piscou.

"Entregue à sua cuidadora, quer dizer. Desculpe, Della. Eu esqueci."

Eu sei que ela cuidava de uma turma de 25 alunos, mas mesmo assim não me parecia algo que ela devesse esquecer. Era a segunda coisa mais importante a meu respeito.

A primeira coisa mais importante era a Suki.

A sra. Davonte me entregou o envelope de novo.

"Diga a ela que preciso de um retorno."

Que maravilha. A Francine ia ficar superfeliz. Ela tinha passado uns dias incríveis comigo e com a Suki.

Fui para a ACM. Não quis lanchar. Não estava a fim de fazer o dever de casa. Não queria falar com ninguém. Fui me sentar à mesa redonda de sempre e apoiei a cabeça nos braços.

A Nevaeh se sentou ao meu lado. Chegou mais perto.

"Você já pode me contar?", perguntou ela.

Foi o *já* que me pegou. Como se ela tivesse certeza de que uma hora eu contaria. Como se tivesse certeza da minha confiança nela.

Ergui um pouquinho a cabeça.

"A Suki enfiou uma faca no próprio pulso. Uma facona. Enfiou fundo."

A Nevaeh esbugalhou os olhos.

"Sinto muito." Depois de um instante, sussurrou: "Ela sobreviveu?"

Eu fiz que sim. Baixei a cabeça de novo e não voltei a levantá-la. Ouvi a Nevaeh dizer que não ia nadar, não. Ouvi outros barulhos também, mas ignorei.

Certa hora, a Nevaeh me deu uma cutucadinha.

"Hora de ir pra casa."

Eu me sentei. Ela tinha pegado uns gizes de cera e desenhado um campo enorme numa folha de papel em branco, com flores de todas as cores e tamanhos, azuis, vermelhas, amarelas e roxas, em meio a um mar de grama verde.

"Quando estou triste, gosto de desenhar coisas alegres", disse ela, e me deu a folha.

30

A Francine leu o bilhete da sra. Davonte, soltou um suspiro, amassou o papel numa bolinha e jogou fora.

"Você tem que responder", falei.

"Eu vou responder", devolveu ela.

A Francine *ligou* para a sra. Davonte. Fechou a porta do quarto para que eu não ouvisse a conversa, mas imaginei. Clifton. Lar temporário. Hospital. A faca da Suki e todo aquele sangue.

A Francine voltou para a cozinha.

"Corta umas cenouras pra mim, por favor?"

"Nem pensar", respondi.

"Pensar, sim", retrucou a Francine. Meteu a mão na gaveta e apanhou uma faquinha. "Usa essa aqui."

O que a Suki fez com a faca da gaveta. O que o Clifton fez com a Suki. O que o Clifton tentou fazer comigo.

"Respira, Della", disse a Francine. "Isso tudo é difícil, mas você vai superar."

Eu a encarei.

"Estou falando sério", insistiu ela. "Inspira fundo, conta até três e solta o ar."

Eu inspirei fundo. Ela contou. Eu soltei o ar.

"Ótimo", disse ela. "Agora repete."

Repeti. E me senti um pouco melhor.

"O que foi que você falou pra sra. Davonte?", perguntei.

"Que você vai se atrasar pra aula amanhã. Você tem consulta com uma terapeuta às oito."

"Pra quê?"

"Como assim 'pra quê', ué? Pra te ajudar."

Eu não sabia como aquilo podia ajudar. Não sabia como qualquer pessoa que não fosse a Suki podia me ajudar.

Eu ainda não tinha permissão para ligar e falar com a Suki. Eu perguntei. A Francine tratava tudo de maneira muito prática, mas na hora de dormir veio me dizer que eu podia dormir no sofá, se preferisse.

"Deixa a tv ligada, se quiser."

Talvez fosse melhor do que ficar sozinha no quarto. Observei a Francine.

"Alguma criança que você acolheu já..."

"Isso não é da sua conta, na verdade", devolveu ela. "Eu já te disse. Cada um tem a própria história."

"Mas..."

"Você e a Suki não são as únicas crianças que passaram por desgraça. Eu lamento. Desgraça acontece o tempo todo."

"Quer dizer desgraça que nem o Clifton, ou desgraça que nem a mamãe?"

"As duas coisas", respondeu a Francine. "Eu sinto muito."

Ela deu uma batidinha no braço do sofá.

"Eu falei pra você: ninguém entra pro programa de acolhimento por motivos alegres", continuou ela. "Receber acolhimento pode ser melhor que tudo que você já passou na vida até agora, e mesmo assim nunca vai ser tão bom quanto o que você teria direito a viver. Se a família em que você nasceu fosse o que deveria ter sido."

Eu refleti por um instante.

"Foi minha culpa", falei.

"Não foi. Nem embarca nessa."

Eu já estava embarcada fazia tempo. Cutuquei a pontinha da unha.

"Você já passou por alguma desgraça?"

A Francine inspirou fundo, contou até três e soltou o ar, bem devagar.

"Já passei, mas essa é a minha história. Não que eu não vá te contar nunca, mas não é hora de você se preocupar com isso. Vai dormir", concluiu ela. "Estou indo também."

Levei o travesseiro da Suki e o nosso cobertor para o sofá. Liguei a TV com o volume bem baixinho. Apaguei as luzes da sala.

O brilho da TV dava um tom azulado às paredes. Eu fiquei olhando. Meu tênis roxo de cano alto, que eu havia tirado e deixado junto à porta, refletia a luz intermitente.

A Suki tinha comprado aquele tênis para mim. Com uma parte do próprio auxílio-vestimenta dela. Lembrei da risada dela, na Old Navy. E do que ela tenha dito: "Pra que ter mais de dois sutiãs?".

Na emergência, eles tinham cortado as roupas da Suki. A camiseta, o sutiã e até a calça jeans. A Francine teve que pegar o resto das roupas dela e levar para o hospital, para que a Suki tivesse o que vestir. Agora ela só tinha um sutiã.

Será que podia lavar roupa no hospital psiquiátrico?

Será que eu tenho que fazer tudo pra você?

Ela tinha. Tinha até me dado dinheiro para comprar aquele sorvete de tênis, porque o meu dinheiro não ia dar.

Eu tirei muita coisa dela.

Minha culpa.

Eu adorava meu tênis de cano alto, mas naquele momento eu também o odiava.

31

De manhã, eu ainda não estava aguentando olhar o tênis. Entrei no nosso quarto, abri a cômoda e peguei meu sapato velho, o do brechó de doações, que estava na gaveta de baixo. Guardei o tênis de cano alto na cômoda.

Se a Francine percebeu que eu estava usando o sapato xexelento, não comentou nada.

O consultório da terapeuta ficava no mesmo prédio onde eu tinha ido fazer a gravação sobre o Clifton para o julgamento. A Suki não estava lá. Eu perguntei. O consultório tinha paredes brancas e poltronas azuis, uma escrivaninha, um sofá e umas mesas. A terapeuta estava de calça jeans e sandália. Sem meia. Entrou na sala seguida por um cachorrão de pelo dourado.

"Eu sou a dra. Fremont", disse ela. "Esta aqui é a Rosie, nossa cachorra de serviço. Algumas pessoas gostam de ter a companhia dela enquanto conversam comigo. Você acha boa ideia?"

Eu não tinha certeza. Não conhecia muitos cachorros, basicamente só o barulhento do vizinho, com quem eu nunca me metia. Mas a Rosie veio andando até mim, em silêncio, com as patas grandonas, e apoiou a cabeça pertinho do meu joelho. E olhou bem nos meus olhos. Eu coloquei a mão na cabeça dela, e ela soltou um suspiro e se encostou em mim.

Feito um lobo dourado, muito gentil e amigável.

Então, sim, ela podia ficar.

A Rosie pulou no sofá e apoiou a cabeçona no meu colo. Fui falando e fazendo carinho nela, mas até que não precisei falar muita coisa. O que foi bom, porque eu não queria falar nada.

"Quer conversar comigo sobre a sua irmã?", perguntou a dra. Fremont.

"De jeito nenhum", respondi. Eu queria conversar *com* a minha irmã, mas ninguém deixava.

"Tem mais alguma coisa sobre a qual você queira falar?"

"Não", eu disse. Talvez preferisse ir à escola a estar sentada naquele consultório. Mesmo que o consultório tivesse a Rosie, em vez do Trevor e da sra. Davonte.

Naquele consultório, eu não conhecia nenhuma regra.

"Tudo bem", disse a dra. Fremont, nem um pouco abalada. "Eu gostaria de falar um pouco sobre sentimentos. Como é que você está se sentindo agora?"

Eu não fazia ideia. Zero. Nada. Nadica. Tipo, eu sabia que não queria estar sentada ali. Sabia que eu não estava achando *gostoso*. O que mais? Dei de ombros.

A dra. Fremont me entregou um papel com vários rostos diferentes desenhados, feito pequenos emojis. Cada rostinho tinha uma legenda: alegria, bobeira, orgulho, irritação. Ela me deu uma caneta. Olhei os rostos e comecei a circular. *Tristeza, medo, sono. Cansaço. Raiva. Confusão. Rebeldia, angústia, solidão. Culpa. Força. Vergonha.*

A sra. Fremont pegou o papel de volta.

"São muitos sentimentos", disse ela.

Eu assenti. Depois que comecei a circular, foi difícil parar. Irrelevância? Preocupação? Nervosismo? No fim das contas, eu estava sentindo muita coisa.

A dra. Fremont me informou que sabia sobre a Suki e sobre o Clifton. Ela tinha lido um relatório escrito pela médica da Suki.

"Como é que ela tá?", perguntei.

"Está recebendo ajuda."

"Isso não me diz nada."

"Ela vai melhorar", disse a dra. Fremont. "Ainda leva um tempo. Toda cura leva tempo. Por enquanto, pode ter certeza de que ela está em segurança."

Eu não sabia se o hospital psiquiátrico era um lugar seguro. Como eu ia saber? Nunca tinha pisado lá. Além do mais, se existia um lugar seguro no mundo, eu certamente não saberia reconhecer. A casa da Francine não era segura, não depois do que aconteceu com a Suki lá.

A dra. Fremont pegou o papel com os rostinhos que eu tinha circulado.

"Qual desses sentimentos parece mais forte agora?"

Culpa. Vergonha.

"Foi minha culpa", eu disse. "Ela tinha que dar conta de muita coisa pra cuidar de mim, e ela não queria mais ficar perto de mim." Eu olhei para a pontinha do meu sapato xexelento.

A dra. Fremont baixou o papel.

"Não foi culpa sua."

"Se eu tivesse deixado... Se a Suki não tivesse..." Foi sem querer, mas apertei a orelha da Rosie com força. Ela deu uma ganidinha. "Desculpa", disse a ela.

"A Rosie gosta de carinho na orelha", disse a dra. Fremont. "Foi uma ganidinha de alegria. Della, nada disso é culpa sua."

"Se eu..."

"Não foi culpa sua."

"Mas..."

"Muitas crianças culpam a si mesmas diante de situações ruins. Isso não é verdade. Não foi culpa sua."

Eu ia desmoronar completamente, o que não queria que acontecesse. Puxei o ar, fazendo um barulho.

"Respire devagar", disse a dra. Fremont. "Solte o ar devagar."

Obedeci.

Ela inclinou o corpo para a frente. E me olhou nos olhos.

"Nada disso foi culpa sua. E não foi culpa da Suki. É obrigação dos adultos tomar conta das crianças. Nenhuma de vocês devia ter sido maltratada."

Era bom ouvir aquilo, mas eu não conseguia acreditar.

"O que acho que devemos fazer hoje é trabalhar formas de ajudar você a se sentir melhor neste momento", disse a dra. Fremont. "De se tranquilizar."

"Eu tenho permissão de me sentir melhor?", perguntei. "Depois que a Suki..." Eu não sabia como terminar a frase. Como eu poderia me sentir melhor se a Suki estava tão triste?

"Você quer que a Suki se sinta melhor?"

Com certeza. Eu concordei com a cabeça.

"Talvez ela já esteja", disse a dra. Fremont. "No hospital, vão ajudá-la a se sentir melhor. Ela ia querer o mesmo para você."

Nós praticamos mais uma vez a respiração pela barriga, inspirando o ar bem devagar, para dentro, para dentro, para dentro, até a minha barriga encher feito um balão. Depois soprando todo o ar para fora, encolhendo bem a barriga. Ar para dentro, para dentro, para dentro. Ar para fora, para fora, para fora. "A Francine já me mandou fazer isso", contei a ela.

"Que bom", disse a dra. Fremont. "E ajudou?"

"Como é que eu vou saber?"

"Se você se acalmou depois de respirar, é porque ajudou."

"Ah. Então acho que ajudou, sim."

Nós fizemos umas listas: cinco coisas que estava vendo ali, quatro sentimentos. Três coisas que eu estava ouvindo, dois cheiros que eu estava sentindo, um gosto que eu estava percebendo. Eu me aproximei do pescoço da Rosie.

"Sinto cheiro de cachorro", falei. "É meio fedido, mas não é ruim. Mas não sinto gosto de nada." O meu cuspe tinha gosto de alguma coisa?

"Aqui." A dra. Fremont me entregou uma folha de hortelã, fresquinha e adocicada.

E me passou outras tarefas: contar de cem até zero, pulando de sete em sete. Soletrar o meu nome ao contrário.

"Você sabe que o meu nome na verdade é Delicious, não sabe?", perguntei.

"Não sabia, não", respondeu ela. "Isso aumenta o desafio."

Tive que fechar os olhos para me concentrar.

"S-U-O-I-C-I-L-E-D."

A dra. Fremont aplaudiu.

"Você sabe dizer se está mais relaxada do que quando chegou?"

Eu sabia. Os músculos da minha barriga não doíam. A minha pele não estava pinicando.

"Ótimo", disse ela. "Agora vamos listar as coisas que você gosta de fazer. Coisas que te deixam feliz. E que você pode fazer todos os dias."

Eu gostava de comer Cheetos. Gostava de estar com a Suki.

"A sua irmã não pode te curar", disse a dra. Fremont. "Só você mesma é capaz disso. Além do mais, as coisas que te dão prazer com certeza são diferentes das coisas que dão prazer à Suki."

Eu não sabia se aquilo era verdade ou não. Não tinha parado muito para pensar no que eu gostava, e também não sabia do que a Suki gostava de verdade. De refrigerante de cereja, com certeza. De pizza de pepperoni. Do que mais?

Tinha que haver mais coisas. Eu e a Suki nunca tínhamos procurado essas coisas.

"Eu quero ir pra Montana", disse à dra. Fremont.

"Ah, que legal. Por que Montana?"

"Lobos", respondi.

Ela falou que eu devia começar a planejar a viagem. Podia pesquisar as coisas e ir anotando. Em que lugar de Montana eu encontraria os lobos? Como faria para chegar lá? Iria de carro ou de avião? Quanto tempo levaria a viagem? Onde eu ficaria hospedada?

"Eu não posso ir pra Montana", falei. "É mais longe que o Kansas."

A dra. Fremont ergueu os olhos.

"O que tem lá no Kansas?"

"A mamãe."

Ela remexeu uns papéis e disse entender que a minha mãe estava presa. Perguntou se eu queria falar a respeito.

"Não", respondi.

"Você tem direito a ter sonhos, Della. Tanto você quanto a Suki."

"A Suki tem pesadelos."

"Estou falando de planos para o futuro."

Assenti.

"Eu sei." Só não tinha, simples assim.

"Planeje a coisa dos lobos", disse a dra. Fremont. "Me parece uma boa ideia."

Eu fiz que sim com a cabeça.

"Fui criada por uma loba", respondi.

Quando cheguei à escola, a sra. Davonte havia reorganizado todas as carteiras. O Trevor agora ficava lá atrás, onde também estava a mesa da própria sra. Davonte. Eu tinha ido para o meio da sala. Não estava mais perto da Nevaeh — que estava do outro lado. Eu estava perto de uma garota chamada Mackinleigh, que parecia até simpática. A Luisa estava a duas mesas de distância.

Ninguém comentou nada sobre o meu atraso, e o dia correu normalmente. Quando formamos a fila para o recreio, a sra. Davonte me puxou para um canto.

"Della, eu fiquei muito triste quando soube o que houve com a sua irmã", disse ela. "E tudo pelo que você passou também. Por que você não me contou ontem? Antes do ditado?"

Oi? Até parece que eu ia falar dos meus assuntos com ela.

A sra. Davonte continuou falando. Eu me afastei e avancei pelo corredor em direção à Nevaeh e ao refeitório. Enquanto isso, fui soletrando mentalmente: S-U-O-I-C-I-L-E-D E I-K-U-S.

A dra. Fremont tinha razão. Aquilo ajudava.

32

Naquela noite, em casa, eu disse à Francine:

"Preciso aprender a fazer um macarrão com queijo bom. E a lavar toda a roupa. E tudo o mais."

"Fica à vontade", disse a Francine, e se sentou no sofá.

O macarrão com queijo acabou saindo melhor que o anterior. E deu tudo certo com a lavagem da roupa. Na hora de dormir, eu me enrosquei outra vez no sofá e deixei a TV ligada no canal de compras, sem som. Durante horas.

"Não quero nadar hoje", disse à Nevaeh na quarta-feira, a caminho da ACM. "Quero jogar basquete."

Eu estava com saudade do basquete. Além do mais, queria muito suar. Na piscina não dava para suar.

"Tudo bem", respondeu a Nevaeh. "Quer que eu jogue também ou que eu te deixe quieta?"

"Que você jogue também." Então ela jogou.

O treinador Tony estava lá. Imaginei que ele fosse estar. Peguei uma bola na mesma hora e comecei a driblar, cruzando a quadra e quicando a bola com força, mas sem perder o domínio. A Nevaeh tentou me acompanhar, mas não conseguiu. Eu estava correndo feito uma máquina.

"Della!" Era a voz do treinador Tony. Parei e me virei. O suor já brotava na minha testa e nas costas. Que delícia. Meu coração estava acelerado, mas por conta do exercício, não do medo.

"Como vai a sua irmã?", perguntou ele, com a expressão gentil, preocupada. "Ouvi dizer que ela estava no hospital."

"Ela está passando por uma barra", respondi.

Ele assentiu.

"Sinto muito."

Parecia sincero.

"Ela está num hospital psiquiátrico", expliquei. "Está tendo problemas de saúde mental."

Não sei por que disse aquilo.

O Tony hesitou um pouco.

"Sinto muito", repetiu ele. Esperei que falasse outra coisa, mas não falou.

"Ela ainda pode trabalhar pra vocês?", perguntei.

Ele concordou com a cabeça, de novo.

"Quando ela melhorar. Quando ela estiver boa, a gente a coloca de volta na escala. Pode avisá-la, se quiser."

Daí ele soltou um assobio e reuniu todo o pessoal do basquete, e nós começamos o exercício de passe favorito dele. Depois, treinamos bandejas. A Nevaeh era melhor no basquete do que eu imaginava.

"Fiz escolinha no ano passado", explicou ela. "Aqui na ACM, todo sábado. No inverno. Era bem legal. A gente pode fazer isso no próximo inverno, se você quiser."

"Ah, não", respondi.

"Por que não? Você falou que gosta de basquete."

Eu não podia fazer aquele tipo de coisa. A Francine teria que me inscrever, pagar mais e me levar de um lado a outro. Eu e a Suki já tínhamos causado transtorno demais.

"Deixa quieto."

Não consegui falar com a Suki na quarta, nem na quinta. Sobrevivi à semana inteira sem falar uma única vez com a minha irmã. Enfim chegou a sexta, o dia mais difícil, e sobrevivi também. Quando a Francine foi me buscar na ACM, jogou um saco de fast-food em cima de mim. "Vai jantando no caminho", disse ela. "Nós vamos ver a Suki."

O hospital tinha cheiro de escola, e não de lugar de gente doente. Era uma construção baixa, escondida atrás de umas árvores. As paredes dos corredores eram pintadas de verde-claro, meio cor de vômito. Havia dois pares de portas. O segundo estava trancado. A Francine falou num interfone e deixaram a gente passar.

Nós entramos numa sala onde havia uma mesona, e lá estava a Suki, sentada numa cadeira bem no canto, com as pernas dobradas sob o corpo, como sempre. Quando me viu, soltou um barulhinho, feito um bebê assustado. Eu me joguei em cima dela, ela me abraçou muito, e nós duas choramos de soluçar.

Eu sei lá por que estava chorando. Não choro muito. Nunca tive o costume.

Também sei lá por que a Suki estava chorando, mas uma partezinha de mim estava feliz por isso. Feliz por ela ter sentido saudades, pelo menos um pouco.

"Senta aí do lado da Suki, Della", disse a Francine, uns minutos depois. "A médica dela chegou pra conversar com a gente."

Puxei minha cadeira para perto da Suki. Estendi a mão para pegar a dela, mas errei a mira e segurei o pulso. O pulso ferido, cheio de pontos. Ela arquejou de dor. Eu tirei a mão. Ela estendeu a outra e segurou a minha.

Nós não falamos. Não nos mexemos.

Os médicos, outras pessoas e a Francine debateram sobre o tratamento da Suki e os progressos dela, que estavam dentro da média. Ela não tinha voltado a se machucar, mas não estava pronta para ir para casa. Pelo menos mais uma semana no hospital. Pelo menos mais uma semana longe de mim.

"Vamos deixar vocês duas a sós um pouquinho", disse a Francine, quando enfim pararam de falar.

"Só uns minutinhos", disse a médica. "Suki, nós vamos estar aqui fora." Como se eu fosse aborrecer a Suki.

A Suki cobriu o rosto com as mãos. A manga do moletom subiu um pouco, e pude ver a fileira de pontos correndo pelo punho. Ela descobriu o rosto. Tinha os olhos cheios de lágrimas.

"Você tá com raiva de mim?", perguntou ela, inclinando o corpo para a frente.

De repente, fiquei. Fiquei mesmo, de verdade. Eu me levantei.

"Se você tentar fazer isso outra vez, eu te mato."

Ela soltou uma risadinha roncada.

"Bom..."

"Não tem graça!", devolvi. "Não teve graça! Foi pior que o Clifton!"

O sorriso da Suki evaporou. Os olhos dela se abrasaram.

"Foi nada."

"Foi, sim. O Clifton? Ele já passou. Se você tivesse morrido, não ia voltar nunca mais."

"Eu sinto que nunca vou superar ele."

"Isso não quer dizer que você não vai."

"É o que o meu terapeuta diz", comentou a Suki. "Sei lá se acredito nele."

Ela parecia muito frágil, muito assustada, e mesmo assim eu queria dar uns murros nela.

"Eu também estou fazendo terapia", falei. "A terapeuta tem uma cachorra que lembra você. Lembra um lobo."

A Suki mordeu os lábios.

"Criada por lobos", sussurrou ela. "Eu estava dando o meu melhor, juro."

"Eu *gosto* de ser criada por uma loba. Os lobos vivem em matilhas. Eles cuidam uns dos outros."

"Animais selvagens", disse a Suki.

Isso.

"Eles revidam, Suki. Um lobo não morre por nada."

Ela ergueu o ombro.

"Como é que você sabe?"

Eu não sabia. Mas imaginava.

A Francine abriu a porta.

"Della, acabou o tempo." Ela entregou uma sacola plástica à Suki. "Aqui. Trouxe mais calcinhas e sutiãs. E meias. E duas camisetas novas."

"Valeu", disse a Suki. "Você mostrou pros médicos?"

A Francine fez que sim. Fiquei confusa.

"Eu só posso ter coisas aprovadas pelos médicos. Objetos verificados, que eu não possa usar pra me machucar."

"E celular? Você pode ter? Eu posso te ligar?"

Ela balançou a cabeça. "Ainda não. Mas logo vou poder. Espero." Ela me deu um beijo. "Aguenta firme."

Eu não respondi.

No caminho de volta para casa, desejei ter outro papel como o que a dra. Fremont tinha me dado, com todas as emoções. Tentei entender como estava me sentindo. Irritada, mais do que tudo. Triste também. Chutei o painel do carro até que a Francine me mandou parar.

"Por que você levou roupas pra Suki?", perguntei. "Onde arrumou aquilo?"

"Saí pra comprar na hora do almoço. Ela estava precisando. Eu te falei que a minha função é providenciar as coisas de que vocês precisam."

"Ah, é? Bom, eu preciso da minha irmã de volta."

"Eu sei disso. Eu só sou responsável pelas *coisas*, Della. A Suki é responsável pela Suki. Não há nada que eu possa fazer."

Pratiquei a respiração pela barriga. Soletrei nomes ao contrário dentro da cabeça. Della, Suki, Francine. E-N-I-C-N-A-R--F. Ainda estava com raiva.

"Quem é responsável por *mim*?", perguntei.

"Eu", disse a Francine. "Assim como sou responsável pela Suki."

"Mas você acabou de falar..."

"Você entendeu", retrucou ela. "Eu sou responsável por providenciar as coisas pra você e pra Suki. Casa, comida e cuidados. Vocês duas são responsáveis pelo que dizem e fazem."

"*Quem é responsável por me amar?*"

Eu não queria dizer aquilo. Não sabia que diria.

A gente tinha acabado de chegar à entrada da garagem da Francine. A luz da varanda estava apagada, e as janelas, escuras e frias. A Francine desligou o motor. Ficou um instante em silêncio.

"A Suki te ama, e você ama a Suki", disse ela. "Vocês são sortudas. Vocês têm uma à outra. À medida que forem envelhecendo, vão encontrar outras pessoas a quem amar e de quem receber amor."

"Ela me ama, mas quase me abandonou."

"Ela te ama e não queria te abandonar. Mas ela foi muito machucada, tanto que quase não conseguiu suportar a dor. Mas ela consegue, sim. Ela tá recebendo ajuda. Vai doer cada vez menos. A vida dela vai melhorar cada vez mais. E a sua também."

Eu olhei para a Francine. Naquela estranha escuridão, as bolotas do rosto dela estavam mais salientes do que nunca. Se ela pusesse um chapéu preto e pontudo, ficaria igualzinha a uma bruxa.

"Como você sabe?", sussurrei.

"Eu sei", respondeu a Francine. "Já rodei um pouquinho por essa estrada." Ela segurou o meu braço. "O Clifton ficou no passado. Já acabou. Deixa ele lá. Não permita que ele destrua o seu futuro também."

33

O Clifton podia ter ficado no passado, mas o Trevor estava no presente. Na segunda, no pátio, ele me beliscou. Bem no meio das costas, como beliscava todas as garotas.

"Bebezão!", disse ele.

Dei um rodopio e larguei um soco na barriga. Com força. Ninguém viu o beliscão, mas as professoras viram o soco, ainda mais porque o Trevor soltou um grito e quase desabou a chorar. Sorveteiro cara de geleca.

A coisa virou um problemão. Aparentemente, esmurrar os outros é muito pior que beliscar, e até que chamar de sorveteiro.

Na sala da diretora, a sra. Davonte e a dra. Penny pegaram o manual de conduta escolar e me mostraram a parte que dizia que esmurrar o Trevor era uma ofensa gravíssima.

"Ele me beliscou primeiro", retruquei. "Cadê isso nas regras?"

"Foi sem querer!", disse o Trevor.

"Ele me beliscou bem onde..."

"Ele não pode beliscar você", disse a dra. Penny.

"Foi sem querer", repetiu o Trevor. "Igual ao dia que ela esticou o pé sem querer e me fez tropeçar."

"Mas bater nele agrava toda a situação", prosseguiu a dra. Penny. "Della, se você sofrer uma agressão, precisa contar a uma professora."

A sra. Davonte ensaiou um olhar de pena.

"Eu sei que você está tendo problemas em casa, mas isso não justifica o seu comportamento", comentou a sra. Davonte.

Viu só? Até parece que eu ia contar as minhas coisas para ela. Não dava para confiar.

"Eu não soquei o Trevor por causa da minha irmã", devolvi.

"A violência física jamais é algo apropriado", disse a dra. Penny.

E o beliscão em mim? Não era violência física? Ficar puxando as tiras dos sutiãs... era horripilante, bem ao estilo do Clifton.

"Eu não me arrependo de ter batido nele", falei. "Se tivesse que repetir, bateria ainda mais forte."

A dra. Penny trocou um olhar com a sra. Davonte. Eu passei a tarde na detenção. Ou seja, tive que ficar sentada o dia todo num canto da biblioteca, fazendo lições da escola. As outras turmas entravam na biblioteca, depois saíam. De vez em quando a bibliotecária vinha ver como eu estava, mas fiquei quase o tempo todo sozinha com meus próprios pensamentos, o que não era bom.

Fiquei pensando na Suki.

E no Clifton.

E no que o Clifton fez com a Suki.

E na mamãe.

E em tudo que a mamãe não fez.

Que não pôde fazer.

Que jamais faria.

E na saudade que eu sentia dela, apesar de nunca a ter conhecido de verdade. Na saudade que a Suki devia sentir da mamãe.

Em como a mamãe tinha deixado a gente com o Clifton. Talvez não de propósito, mas tinha deixado mesmo assim.

Além do Trevor, eu só soquei uma criança na vida. Foi no ano em que eu e a Suki frequentamos a mesma escola, então deve ter sido logo depois que a mamãe foi presa, quando fomos morar com o Clifton. Eu estava no jardim de infância, e o meu recreio era na mesma hora do da Suki. Não lembro por que soquei a outra criança, mas soquei. O garoto correu até a professora, chorando, e eu fui me esconder atrás da minha irmã. Quando a professora chegou para me repreender, a Suki falou:

"Não foi a Della que bateu nele. Fui eu."

O garoto sabia que não era verdade, mas devia estar com medo da Suki ou coisa assim, porque não abriu mais a boca.

A Suki se deu mal. Fiquei me sentindo péssima, mas a Suki só balançou a cabeça para mim. Depois, em casa, disse:

"Eu sou firme, Della. Eu aguento. Não me importo."

Ela aguentava muita coisa.

Eu me importava.

No cantinho da biblioteca, fiquei praticando a respiração pela barriga. Vi cinco coisas, ouvi quatro e senti o cheiro de umas dezenove, por aí. Não ajudou. Eu ainda me importava. Ainda estava muito triste pela minha irmã.

Não terminei a porcaria das lições, mas até parece que ia ficar fazendo dever de casa na ACM. Quando chegamos lá, fui direto para o ginásio. Peguei uma bola e comecei a cruzar a quadra.

"Ei!" A Nevaeh enfiou a cara na porta do ginásio. "Você tá braba comigo?"

Eu agarrei a bola.

"Não. Claro que não. Por quê?"

"Você não se sentou do meu lado no ônibus. E nem foi lanchar."

Honestamente, o lanche da ACM não era essa maravilha toda.

"Eu nem pensei em você na hora do ônibus." Tinha me acomodado logo no primeiro assento, na fileira do Trevor, que me ignorou, apesar de eu ter passado o tempo todo de olho nele.

"Desculpa. Eu só queria sair logo da escola. Fiquei presa lá o dia todo. Senti vontade de esmurrar outras pessoas."

Passei a bola para a Nevaeh. Ela agarrou, meio desajeitada.

"Correr ajuda", eu disse. "Suar ajuda. Quando eu me movimento bastante e fico suada, alivia a vontade de socar os outros."

"Eu lamento que o Trevor tenha feito aquilo. Lamento que você tenha se dado mal."

"Você me mandou deixar quieto. Talvez tivesse sido melhor que socar ele."

"Sei lá", disse a Nevaeh. "Da última vez que ele me beliscou, eu contei pra minha mãe o que você falou. Ela disse que talvez você tivesse razão. Talvez ignorar fosse uma forma de dar permissão a ele. Eu não quero dar permissão. Então não sei qual é a coisa certa."

"Eu me dei mal."

"Sim, mas talvez agora ele pare de te incomodar. Com a gente ignorando, ou só contando pras professoras, ele não parou."

"Eu gritei com ele antes. Essa foi a primeira vez que ele me beliscou, na verdade."

"E você revidou, não foi? Você deu um soco nele. Então talvez..."

Eu estava entendendo a Nevaeh, e também não estava nem um pouco arrependida de ter esmurrado o Trevor, mas eu sabia que socar os outros não era uma solução consistente a longo prazo. Para começo de conversa, devia ter muita gente capaz de revidar e bater mais forte que eu.

Eu nunca teria socado o Clifton, por exemplo. Não teria coragem.

Foram as fotos da Suki que o impediram. As provas.

A Nevaeh e eu corremos e arremessamos a bola na cesta. O treinador chegou e organizou outra vez o nosso exercício de passe. Fiquei o mais longe possível do Trevor, mas teve uma hora que ele correu para cima de mim.

"E aí, bebezão?", disse ele, sorrindo. "Aproveitou a detenção?"

"Por que é que a minha detenção te deixa feliz?", perguntei. Honestamente, eu não sabia.

Ele riu e saiu correndo.

Não contei nada sobre a detenção para a Francine, mas quando chegamos em casa havia um recado na secretária eletrônica falando disso.

A Francine ouviu e me encarou.

Meu coração acelerou. Senti falta de ar. Pensei em qual rosto da dra. Fremont eu circularia.

Desespero.

"Sossega, Della", disse a Francine, apagando a mensagem. "Não estou a fim de cozinhar hoje. Quer pedir pizza?" Ela olhou para mim. "Pra que essa angústia? Você teve tipo um problema por semana, pelo menos, desde que chegou aqui."

Exatamente.

"Você falou... Quando a gente chegou, você falou que, se a gente causasse problemas, íamos ter que arrumar outro lugar pra morar."

"Se *causassem* problemas", disse a Francine. "É diferente de *ter* problemas."

"Qual é a diferença?"

"Se vocês tocassem fogo na minha casa de propósito, estariam causando problemas. Se arrebentassem os meus móveis. Se mijassem no carpete..."

"*Mijar no carpete?*"

Ela abanou a mão.

"Já aconteceu."

"E se eu fosse preparar metanfetamina e explodisse o seu banheiro?"

A Francine fechou o sorriso.

"Como é?"

"E se eu fizesse isso? E se eu ligasse mais pra metanfetamina que pras minhas duas filhinhas? E se eu metesse as minhas filhas num lugar horrível, onde elas fossem muito maltratadas por gente muito ruim e não recebessem nenhuma ajuda, nem atenção? E se eu fosse ruim *a esse ponto?*"

A Francine me olhou fixamente, por um tempo que pareceu enorme.

"Daí você seria outra pessoa", disse ela, por fim. "Antes de tudo, você não é viciada em drogas, e eu não vejo razão pra que algum dia você venha a ser. Além do mais, a pessoa que você é jamais faria uma coisa dessas. Você é uma pessoa firme, resiliente, boa e amorosa."

Se isso era verdade, só havia uma razão para eu ser assim.

"Porque eu tive a Suki."

Ela assentiu.

"Você teve sorte."

"Mas a Suki não teve ninguém."

"Isso não é verdade. A Suki teve você."

"Eu não pude consertar as coisas. Não impedi o Clifton. Nem consegui perceber o que ele estava fazendo com ela."

"Você não sabia sobre o Clifton. Não era sua responsabilidade impedi-lo."

"Eu queria ter sabido. Queria poder ter impedido."

"Claro", disse a Francine. "Mas você ama a Suki. Ela sempre teve o seu amor. Isso é muita coisa, acredite."

Que pizza, que nada. Para o nosso jantar, a Francine acabou fazendo um macarrão com queijo perfeito.

Mas eu não consegui terminar o prato. Estava preocupada demais com a Suki. E comigo.

34

No dia seguinte eu fui à terapia, e achei ótimo, pois chegaria à escola mais tarde. Eu me sentei no sofá ao lado da Rosie e comecei a falar, sem saber ao certo o porquê, sobre o Trevor, a detenção na escola e o que eu tinha dito à Francine. Sobre a mamãe.

A dra. Fremont escutou. Quando terminei de falar, ela disse:
"Você quer saber por que o Trevor está agindo assim com você? E por que a sua mãe não conseguia largar o vício?"

Eu fiz que sim com a cabeça.

"E por que o Clifton.... por que ele fez o que fez."

"Eu não sei responder", falou a dra. Fremont. "Se eu soubesse toda a história deles, poderia ter uma ideia, mas não passaria de um palpite." Ela se endireitou na poltrona. "Algumas pessoas são tão maltratadas que atacam. E maltratam outras. Uma pequena porcentagem é realmente cruel. Ruim desde sempre. O vício é uma coisa complicada... Tem gente que consegue superar, tem gente que não larga nunca. Eu não sei o que deu errado com a sua mãe. E talvez você nunca chegue a descobrir. O que o Clifton fez com você e a Suki", continuou a dra. Fremont, "isso é comum."

Ergui a cabeça depressa, a ponto de assustar a Rosie, que cochilava no meu colo. Ela me deu uma lambida no rosto e voltou a se deitar.

"*Comum?*" Senti um bololô na barriga. "Quer dizer que... não foi só comigo e com a Suki?"

"Quer mesmo saber?", disse a dra. Fremont. "É provável que tenha acontecido com outras crianças da sua classe."

Eu refleti por um instante.

"Quer dizer da minha escola, não é? Porque na minha classe só tem uns 25 alunos. Só treze meninas."

A dra. Fremont parecia triste.

"Não. Na sua classe mesmo. Pois é. Isso acontece com muita frequência. Não só com as meninas, mas com os meninos também."

Aquilo tudo era tão sombrio na minha cabeça, tão repulsivo... Eu achava que tinha sido só comigo... e com a Suki. Com mais ninguém.

"Eu nunca ouvi nada desse tipo", falei. "Ninguém nunca fala disso."

"Pois é. Talvez mais gente devesse falar. Talvez, se mais pessoas sentissem que podem falar a respeito, essas coisas não acontecessem com tanta frequência."

"Isso sempre traz problemas?", perguntei.

A dra. Fremont assentiu.

"Sempre. Causa grandes danos às pessoas." Ela estendeu a mão. Pensei que fosse acariciar o meu braço, e não queria isso, mas ela deu uma coçadinha na cabeça da Rosie. "A boa notícia é que as pessoas conseguem se recuperar, e elas se recuperam. Elas podem melhorar, e melhoram."

35

A Suki podia melhorar. Eu ia me agarrar a isso. Eu também podia melhorar.

Na hora do recreio, fui andando até o Trevor.

"E aí, bobona?", disse ele. "Como foi a detenção?"

Eu ignorei.

"Você não tem permissão de me tocar", falei. "Você não tá autorizado a encostar em mim sem a minha permissão, de nenhuma forma que seja, nunca, jamais. Então, não me toque."

A dra. Fremont tinha conversado comigo sobre isso no final da consulta. O nome era *consentimento*.

O Trevor riu.

"*Sem a minha permissão*", zombou ele. "Ai, que bobona. Ninguém vai pedir a sua permissão!"

Eu me afastei. O que falei não colocaria um freio nele, certamente, mas pelo menos eu tinha dito.

Encontrei a Nevaeh, a Luisa e a Mackinleigh.

"Eu não sou obrigada a deixar que ele encoste em mim", expliquei. A dra. Fremont tinha dito aquilo. "Nunca. Vocês também não."

A Luisa correu os dedos pelas tranças.

"Eu queria que ele não pudesse encostar em mim sem permissão. Odeio isso."

"Ele *não pode*. Não é permitido. A regra é essa. Pra todo mundo."

A Luisa revirou os olhos.

"Quem foi que falou?"

"Todo mundo", respondi.

"Claro", disse ela. "Vamos ver como é que funciona."

Na noite seguinte, eu e a Francine fomos ver a Suki outra vez. Ela não estava indo tão bem quanto os médicos esperavam. A equipe falou que ela estava tendo dificuldades. Eles me fizeram esperar no corredor enquanto debatiam os detalhes com a Francine, por mais que a Suki dissesse que eu podia ficar. Por um instante a Suki começou a insistir para que eu ficasse, mas a Francine cortou.

"É difícil pra ela, Suki. Tem coisas que ela não precisa saber."

"Se a Suki precisa de mim...", falei.

A Francine me empurrou para o corredor.

"Ela precisa do seu amor. Não precisa que você seja sobrecarregada pelos detalhes."

Eu tentei entender direito o que aquilo significava, mas era basicamente o seguinte: a Suki ainda ia ficar pelo menos mais uma semana no hospital.

Quando acabou a reunião em grupo, eles me deixaram falar com ela por uns minutos.

"O que houve?", perguntei.

"Preciso encontrar uma forma aceitável de extravasar a minha dor", disse a Suki.

"Onde foi que você aprendeu isso?" Não parecia uma coisa que ela diria.

A Suki abanou a mão.

"Ah, sabe... por aqui. Estou me esforçando pra melhorar, Della. Mas não é fácil."

"Você sabia que não aconteceu só com a gente?"

"Como assim?"

"O lance do Clifton acontece com várias crianças. A minha terapeuta que falou."

"É." A voz da Suki mal passava de um sussurro. "Eu também não sabia, até chegar aqui. Achei que fosse só comigo, na verdade. Mas aconteceu com várias crianças daqui. O que o Clifton fez, ou coisa parecida. Bagunçou as pessoas. Bagunçou todos nós."

"Você tem que falar", soltei. "Suki, fala pras pessoas o que o Clifton fez. Ele ia ficar preso mais tempo. Ia ser mais seguro pra todo mundo."

O rosto da Suki congelou. Lembrei de como ela ficou encarando a faca.

"Eu contei pra todo mundo aqui. Os médicos sabem. O meu terapeuta sabe. Ou seja, a polícia tem que saber também. Os médicos e terapeutas têm obrigação de denunciar."

Respirei fundo.

"Isso é ótimo."

"Mas não quer dizer que eu vá prestar queixa. Eu não vou."

"Você vai deixar o Clifton se safar."

"Ele não vai se safar", disse a Suki. De repente os olhos dela se inflamaram, e ela soou raivosa outra vez: "A gente vai levar esse cara pro tribunal pelo que ele fez com você. A gente tem provas. Ele não vai poder usar a lábia pra se safar daquelas fotos. É fácil."

"Não é...", falei, recordando o embrulho em meu estômago no dia da gravação. O medo que eu senti.

"É mais fácil", corrigiu ela. "Do que ele fez comigo a gente não tem fotos. Seria a minha palavra contra a dele. Eu ia ter que me sentar no tribunal e ver os advogados dele tentando me taxar de mentirosa. Eu ia ter que me sentar na frente dele... olhar para ele... Eu não consigo fazer isso, Della. Me desculpa. As pessoas aqui prometeram que não iam me obrigar."

"Você é mais forte que isso", sussurrei.

Ela riu e apontou para as paredes.

"As evidências atuais sugerem o contrário."

Era difícil discordar das paredes verde-vômito de um hospital psiquiátrico. Mas não significava que eu não quisesse tentar. Eu queria me deitar no colo da Suki, ou acomodá-la no meu.

"Me conta alguma coisa boa da mamãe", falei, em vez disso.

"Oi?"

"Eu só me lembro do hotelzinho, basicamente. Você se lembra de alguma coisa boa? Me conta uma coisa boa."

A Suki estendeu os braços entre as nossas cadeiras e me abraçou. Acomodou o queixo no meu cocuruto.

"Humm... Ah, sim, lembrei de uma." Pela primeira vez naquela noite, ela sorriu. "Logo depois que você nasceu, eu fui te visitar no hospital. Eu estava com uns amigos da mamãe, e eles me levaram. A mamãe estava deitada numa camona forrada com lençóis brancos, a cabeça apoiada num travesseiro, com você no colo. Você estava embrulhadinha num cobertor, com uma touquinha cor-de-rosa na cabeça."

"Como eu era?"

"Eu só consegui ver a sua carinha amassada. Subi na cama, e a mamãe me abraçou. E falou 'essa é a sua irmãzinha'. Aí eu cheguei perto pra te ver melhor, e você esfregou os olhinhos e começou a se esgoelar de chorar. Aí a mamãe riu", contou a Suki. "Aí ela disse 'a gente sabe como faz pra ela se acalmar, não é, Suki?' E começou a cantar. 'Esquinemarinque, dinque, dinque, esquinemarinque, dinque dinquê. Eu amo você.'"

"Ela cantou isso?", perguntei. "Achei que era da fita da mãe da Teena."

"Era da fita da mãe da Teena", disse a Suki. "Mas a mamãe cantou pra gente primeiro. Faz muito tempo."

Ela me abraçou mais forte e colou o rosto no meu. Nós cantamos juntas.

Esquinemarinque, dinque, dinque,
Esquinemarinque, dinque dinquê.
Eu amo você.
Esquinemarinque, dinque, dinque,
Esquinemarinque, dinque dinquê.
Eu amo você.
Te amo de manhã, e quando a tarde vem. Te amo à noitinha,
quando a lua vem também.
Esquinemarinque, dinque, dinque, esquinemarinque, din-
que dinquê.
Eu amo você.

A gente se amava, eu e a Suki. E muito, muito tempo antes, nossa mãe também nos amava.

"Ai, Della", disse a Suki. "Por que você tá usando esse sapato horrível?"

Eu espichei os pés. O sapato era *mesmo* horrível.

"Sei lá", respondi. "Eu senti que tinha tirado muita coisa de você. Peguei o seu dinheiro pra comprar o tênis roxo."

Ela balançou a cabeça.

"Eu quis te dar o tênis roxo. Ele é muito incrível. Além disso, você me dá mais do que tira."

Eu não sabia daquilo.

"E sabe o que mais?", disse a Suki. "Esses sapatos do brechó de doações são muito nojentos."

36

Calcei o tênis roxo de volta no pé e devolvi o sapato feioso à gaveta. Naquela sexta, a Teena foi passar a noite comigo enquanto a Francine ia ao O'Maillin's com as amigas.

Não era para ficar de babá. A Teena falou que não.

"Até parece que eu ia querer pagamento pra vir ficar com você", disse ela. "Estou tão feliz de estar aqui..."

"Mas e o seu namorado?", perguntei.

"Dei um pé na bunda dele."

Primeiro nós fomos ao Food City, só de farra. Na área da padaria, a Maybelline estendeu a mão assim que me viu. Vazia, sem biscoito. Levei um instante para entender. Estendi a mão também, e ela me cumprimentou.

"Como é que você tá, meu docinho?", perguntou ela.

Eu suspirei.

"A minha irmã..."

"Não a sua irmã", disse a Maybelline. "Espero que ela esteja bem, mas estou perguntando de você."

"Eu... sei lá. Estou bem. Sinto muita saudade da Suki."

A Maybelline assentiu.

"O Tony falou que você estava passando por uma barra." Ela colocou a mão sob o balcão e pegou um biscoito com gotinhas de chocolate.

"Posso trocar pelo de manteiga de amendoim?" Apontei para a Teena. "É o sabor preferido dela."

A Maybelline sorriu.

"Claro. É bom dividir o biscoito com os amigos."

A Francine tinha dado 10 dólares à Teena para comprarmos um lanche. Foi difícil decidir. Quando a gente tem dinheiro para gastar, o mercado vira uma mina de tesouros. Mostrei a ela o queijo de alho da Suki. Ela deu de ombros. Sugeri que a gente comprasse um refrigerante de limão.

"Garota, isso deixa o dente verde!", disse a Teena.

"Deixa nada..."

"Deve deixar até brilhando no escuro! Ninguém devia botar nada dessa cor dentro da boca."

No fim das contas, nós pegamos uma caixa de rolinhos primavera congelados. A Teena jurou que eu ia gostar. E mais duas rosquinhas com uns olhos esbugalhados feitos de açúcar cristalizado e um biscoito enfiado no meio pra parecerem Muppets. Depois, como sobrou dinheiro, cada uma gastou 50 centavos tentando pegar um bichinho de pelúcia na máquina que ficava no saguão da loja. Não conseguimos, mas foi divertido.

De volta à casa da Francine, a Teena botou os rolinhos primavera no forno. Comemos as rosquinhas, sentadas à mesa da cozinha, com um refrigerante que estava na geladeira. Contei à Teena que a Suki não estava indo muito bem.

"Ela estava muito mal", disse a Teena. "Quando a gente quebra um osso, leva um tempão pra melhorar. Por que com o cérebro seria diferente?"

Pensando daquele jeito, fazia sentido.

"Ela agora está tomando remédios pra ajudar."

A Teena fez o copo dela tilintar no meu.

"Aleluia."

Eu teria ficado acordada até a Francine chegar, mas lá pelas dez da noite comecei a pescar no sofá.

"Menina, vai dormir", disse a Teena, já no terceiro cutucão que dava para me acordar. Ela me acomodou na cama de baixo.

"Canta 'Esquinemarinque'", eu pedi, e ela cantou.

A Teena era a única pessoa além da Suki autorizada a cantar aquela música para mim.

De manhã, quando entrei na cozinha, a Francine estava bebericando um café. Com creme sabor baunilha francesa, desnatado e com açúcar. Servi uma xícara para mim, com dois terços de café e um terço de creme. Dei uma golada. A baunilha francesa agrediu o meu paladar. Cuspi tudo na pia.

"Você bebe *isso*?", perguntei à Francine. "Por vontade própria?"

"Não é pra botar metade da garrafa num café só", devolveu a Francine. "Assim nem eu aguento. Vocês se divertiram ontem?"

"Sim", respondi. "A gente guardou um rolinho primavera pra você."

Eu o tirei da geladeira. A Francine deu uma mordida.

"Obrigada."

"Agradeça à Teena", respondi.

O meu sono tinha melhorado, mas, às vezes, quando os carros dobravam a esquina na nossa rua e a luz dos faróis invadia a sala, eu me lembrava do caminhão do Clifton entrando na nossa garagem. Daí recordava o pânico da Suki e começava a entrar em pânico também. Eu me lembrava de como ela se encolhia toda. Meu coração acelerava e eu sentia falta de ar.

SUOICILED.

IKUS.

ANEET.

ENICNARF.

HEAVEN.

Nada do que eu fazia parecia ajudar.

Uma das advogadas do nosso caso havia informado que o dia do julgamento estava chegando. Nós não precisávamos fazer nada; ela só queria que a gente soubesse.

O Clifton estava preso pelo que tinha feito comigo.

Mas não pelo que tinha feito com a Suki.

"Quanto tempo o Clifton pegaria pelo que fez com a Suki?", perguntei à Francine. "Tipo, se a polícia soubesse de tudo?"

"Não sei", respondeu ela. "Depende dos detalhes. O que ele fazia exatamente, com que frequência, por quanto tempo."

Eita.

"Mas seria mais tempo, não é?"

"Sem sombra de dúvida", disse ela. "Porque ele seria reincidente, no mínimo." Ela me olhou de esguelha. "Mas não se mete nisso. O que ele fez com a Suki é a história da Suki. Não sua. Cabe a ela fazer as próprias escolhas."

"Eu acho que ela tem que falar."

"Essa decisão não é sua."

"Quando ele sair da prisão, vai machucar outra pessoa. Outra garotinha. Ou mais de uma. Quanto mais tempo ficar preso, menos gente ele vai poder machucar."

"Isso é verdade."

"Sabia que os lobos adultos não têm nenhum predador natural?", perguntei.

Eu andava lendo tudo que podia sobre os lobos. Na biblioteca da escola não tinha muita coisa. Só tinha um monte de livros caindo aos pedaços, e nas promoções do Walmart eu nunca via livros sobre lobos. Mesmo assim, eu lia o que caía na minha mão.

"Faz sentido", disse a Francine.

"E é verdade. Os filhotes de lobo podem ser atacados por ursos e pumas, mas viram imbatíveis depois que crescem."

A Francine soltou um murmúrio, fingindo me escutar. Eu achava aquilo importante. Depois que a gente crescesse, eu e a Suki seríamos imbatíveis.

37

"O que eu quero saber", falei para a dra. Fremont, "é se as coisas ruins que acontecem com as pessoas podem realmente ferir o cérebro delas."

Eu andava pensando sobre aquilo. O cérebro ficava dentro de uma caixa de osso duro chamada crânio. Se alguém ou alguma coisa acertasse a nossa cabeça, fazia sentido acabar ferindo o cérebro. Mas e quando alguém sentia medo? E quando alguém era tocado onde não devia?

"É complicado", disse a dra. Fremont, "mas é verdade."

Ela explicou que, quando alguém passava por uma coisa ruim, o cérebro da pessoa podia mudar para pior.

"Sobretudo se for alguém muito jovem", disse ela. "Ou indefeso, ou dependente, ou se a situação ruim se estender por muito tempo. O cérebro vai ficando mais sensível. Mais ansioso. O coração bate mais rápido. E fica mais fácil a pessoa se aborrecer, se chatear ou se entristecer."

Ela me entregou uma lista de dez coisas ruins que as crianças podiam vivenciar. Tipo ter a mãe presa. A mãe viciada em metanfetamina. Não saber quem era o pai, o que ele era nem onde estava. Ter a mão de alguém na sua calcinha. Todas as coisas que tinham acontecido comigo e com a Suki. Ixe. Quer dizer, a gente nunca tinha passado fome. Não que eu me lembrasse. Mas vai saber, lá naquela época. Tem tanta coisa que eu não lembro direito... Deve ter havido uns dias em que a mamãe se esqueceu de nos alimentar.

Quando eu disse isso, a dra. Fremont assentiu.

"Mais de dois terços de todas as crianças já passaram por pelo menos uma dessas coisas."

Eu refleti por um instante.

"Então quer dizer que um terço das crianças não passaram por nada?", perguntei. "*Nadinha?*"

A dra. Fremont pareceu assustada, mas fez que sim.

"Uau", falei.

Tentei imaginar aquilo. Tentei imaginar as crianças que eu conhecia — eu, a Suki, a Teena, a Nevaeh, a Luisa — ou qualquer criança da minha escola crescendo num lugar perfeito, sem divórcio, sem fome, sem agressão, sem nada de ruim. Tentei imaginar como seria. Uma vida perfeita.

Não. Não era possível. Não com as crianças que eu conhecia.

"Eu já passei por todas as dez", falei. "Estou ferrada, então?"

A dra. Fremont se inclinou para a frente. Sorriu.

"Não", disse ela. "Isso é o mais importante, Della. *Ninguém nunca está ferrado.* Nem você, nem a Suki, nem ninguém. Essas coisas ruins que aconteceram prejudicaram o seu cérebro, sim", continuou a dra. Fremont, "mas o cérebro pode *voltar ao normal*. Pode se curar. O cérebro pode melhorar. Você pode tomar atitudes para alcançar isso."

"Sério?"

"É esse o nosso trabalho aqui", disse ela. "Mudar o seu cérebro. Tranquilizá-lo."

Eu ficaria mais tranquila se soubesse que o Clifton ia ficar preso até que eu crescesse. Achei que a Suki também ficaria. Eu disse isso à dra. Fremont.

"Algumas coisas não estão totalmente sob o seu controle", respondeu ela.

Claro. Mas isso não queria dizer que eu não pudesse controlar um pouquinho que fosse.

Conduzir a minha própria vida. Parecia legal.

Quarta-feira, na ACM, foi dia de basquete. Eu e a Nevaeh tínhamos decidido alternar: num dia, basquete; no outro, natação. Às vezes a Luisa também jogava com a gente, embora ela gostasse mais de nadar.

Desde o dia do soco, o Trevor tinha me deixado quieta. Na hora do basquete, porém, quando o treinador nos organizou para um joguinho de meia-quadra, ele se aproximou de mim, esticou o dedo e me cutucou.

"Toquei", disse ele.

Eu parei, bem no meio da quadra.

"Trevor", falei bem alto, "você não tem permissão de me tocar. Nunca."

Ele riu.

O treinador estava na outra metade da quadra, demonstrando pela milésima vez como a gente devia se posicionar para impedir a entrada do adversário no garrafão.

"Treinador!", gritei. "O Trevor encostou em mim sem a minha permissão."

O treinador soprou o apito para dar início ao jogo na outra meia-quadra e caminhou em direção a nós.

"O contato físico faz parte do basquetebol", disse ele. "Nem todo toque é considerado falta."

"Não foi isso o que eu quis dizer", rebati. "Ele me deu um cutucão."

O treinador olhou para o Trevor.

"Foi de zoeira", disse o Trevor.

"Não teve graça. Eu já tinha avisado que não queria que ele encostasse em mim."

O treinador soprou o apito.

"Trevor, três voltas." E ficou olhando o Trevor dar as três voltas ao redor da quadra enquanto o resto do grupo retomava a partida. E sim, eu tinha entendido o que o treinador queria dizer. Quando um garoto chamado Demetrious tentou me marcar fora do garrafão, bem debaixo da cesta, ele empurrou a bunda bem nas minhas pernas para me manter afastada, e não teve nenhum problema, pois fazia parte do jogo de basquete.

Mas os cutucões e os beliscões do Trevor não faziam parte de jogo nenhum.

No dia seguinte, quando a Francine foi me buscar na ACM, falou que tinha uma surpresa me esperando em casa. Ela estava com um sorrisão! Eu sabia qual surpresa queria que fosse, e acertei.

A Suki. Em casa.

Ela estava sentadinha na escada da frente. Quando o carro parou, ela se levantou, sorrindo como a velha Suki, radiante feito o sol. Eu abri a porta e me joguei nos braços dela.

38

Eu tinha 1 milhão de perguntas para a Suki. Ela tinha quase 1 milhão de respostas.

Sim, ela ainda ia fazer terapia. Três vezes por semana, a princípio.

Sim, ela estava tomando remédios.

Sim, os remédios estavam ajudando. Ela achava bom.

Sim, ela voltaria para a escola, a partir de segunda-feira. A escola tinha preparado um plano de recuperação para ela.

Sim, ela ia continuar trabalhando no Food City. Ia ligar para eles no dia seguinte de manhã.

Sim, ela tentaria pegar o turno de sexta à noite outra vez. E eu poderia ir com ela e ajudar a Maybelline.

"Você jura por tudo no mundo que nunca mais vai tentar fazer aquilo?", perguntei.

Esperei que ela respondesse que sim, mas ela não respondeu. O sorriso dela vacilou.

"Eu juro por tudo no mundo que sempre vou fazer o meu melhor."

"Que sorvete", respondi. "Isso não basta, Suki."

Ela pareceu se apavorar outra vez.

"É o que consigo fazer", disse a Suki.

"Não! Você tem que prometer!"

"Ei", disse a Francine. "Para com isso. Ela não pode fazer mais do que consegue."

Engoli em seco.

"Preciso muito que você me prometa, Suki."

A Suki refletiu um instante.

"Prometo que vou pedir ajuda se a coisa ficar ruim. Beleza? Isso eu posso prometer."

Não era suficiente.

Naquela noite, esperei até que nós duas estivéssemos deitadas na cama de cima, bem encolhidinhas, e fiz a última pergunta.

"Suki", falei, com a voz meio embargada, "você deixou o Clifton te machucar pra que ele não me machucasse?"

Ela segurou o meu rosto bem firme, entre as duas mãos.

"Não", respondeu ela, num tom tão feroz que mais parecia um rosnado. "*Não*. Nunca foi... Eu nunca tive escolha, pelo menos não que eu soubesse. Ele só não se meteu com você, só isso." Ela alisou o meu cabelo. E me deu um beijinho. "Que bom que ele não fez isso. Não ouse se sentir culpada."

"Quantos anos você tinha? Da primeira vez..."

Ela entendeu.

"Uns 8? 9? Foi logo que a gente foi morar com ele."

"A mamãe ainda estava junto", lembrei.

A Suki assentiu.

Eu quis soltar um uivo. Queria uivar e gritar. A mamãe estava perto. Ela deveria ter protegido a Suki. Deveria ter protegido nós duas.

Essa parte é uma das mais difíceis.

A Suki deu de ombros.

"Eu sinto muita raiva disso. Mas não sei se sinto mais da mamãe, da metanfetamina ou sei lá de quê."

"Do Clifton", falei.

"Ah, sim, óbvio. Além dele, quer dizer."

"A gente ia estar mais segura se ele ficasse um tempão na prisão."

A Suki não respondeu.

"O mundo inteiro estaria mais seguro", completei.

"Talvez", disse ela.

"Você sabe disso."

"Para de me pressionar, Della. Estou fazendo o melhor que posso."

Na tarde seguinte, fui para a ACM, como sempre. Quando cheguei em casa com a Francine, a Suki estava esparramada na cama de cima, escrevendo num caderno que ela tinha trazido do hospital. Era um cadernão grosso, com uma capa dura, que a Suki tinha decorado com canetinhas coloridas. Ela agora tinha umas canetinhas novas, chiques e caras, além de uma caneta preta bem escura.

"Este é o meu diário pessoal" disse ela, quando eu entrei. Estava usando a canetinha roxa, escrevendo bem depressa numa das páginas. Metade do caderno já estava cheio de palavras. "Não quero que você fique lendo, tá bom? É só meu. Já avisei à Francine."

A Suki costumava escrever nuns cadernos espirais que o Clifton comprava no mercado. Cada vez que preenchia uma página, ela arrancava, amassava e jogava fora. Nunca cheguei a ler nada.

"Tanto faz", respondi. Eu devia estar supercontente por ter a minha irmã de volta. Quer dizer, eu estava; só não *me sentia* supercontente.

"A gente pode comprar um caderno pra *você*", disse a Suki.

Neguei com a cabeça. Escrever não era o meu forte.

"Posso usar o seu computador?", perguntei. "Quero fazer umas pesquisas sobre lobos."

A Suki fechou o diário e o empurrou para baixo do travesseiro.

"Vamos pesquisar juntas", disse ela. E nós pesquisamos.

Era sexta-feira, mas a Francine não ia sair. Falou que não havia bandas boas na cidade, e que ela só curtia ir ao karaokê tipo uma vez por ano. Em vez disso, ela e as três amigas velhas se reuniriam lá em casa.

"Eu convidei elas pra jantar. Espaguete com pãozinho de alho. Suki, faz uma salada pra gente? Que tal? Vocês querem chamar alguém pra vir também?"

Eu e a Suki nos entreolhamos. Pensei se daria tempo de chamar a Nevaeh.

"A Teena", disse a Suki, e eu abri um sorriso.

A Suki ligou para a Teena, e deu para ouvir a risada dela do outro lado.

"Eu adoraria, mas não sei como faço pra ir", disse a Teena. "A mamãe está usando o carro."

Isso era moleza. A Suki pegou o carro da Francine emprestado, e nós fomos buscar a Teena.

Já estava escuro. Cruzamos a estrada longa ao lado dos trilhos da ferrovia, subimos o viaduto, passamos pela minha antiga escola.

E pela casa de acolhimento.

Ao ver a construção, a Suki suspirou com força.

"A gente nunca vai pra lá", soltei.

"Você não iria, de todo modo", respondeu ela. "Você é muito novinha."

"Você não tá lá, Suki. Você não vai pra lá. A gente tá com a Francine."

Nós cruzamos uns quarteirões de casas, uma igreja batista e o prédio esquisito com a placa de PROIBIDO ENTRADA. Viramos à esquerda e subimos a ladeira, rumo à nossa antiga rua. A casa da Teena. Bem ao lado, a do Clifton.

A casa do Clifton parecia vazia. Depredada. Sem iluminação nas janelas. A gente sempre acendia as luzes durante a semana, nem que fosse só a da cozinha. Sempre. Agora os cômodos atrás das janelas sujas estavam escuros e vazios. A grama estava malcuidada e cheia de folhas mortas. O caminhão do Clifton não estava na garagem. Fiquei pensando onde estaria.

A Suki encostou a cabeça na minha. Respiramos juntas, bem devagar. Aí alguém abriu a porta do carro, rindo. A Teena pulou no banco de trás. A Suki arrancou com tudo, cantando pneu, e seguimos para casa gargalhando, as três juntas, como costumávamos fazer.

39

"O melhor lugar para encontrar lobos selvagens nos Estados Unidos é o Parque Nacional de Yellowstone", eu disse à dra. Fremont. "Fica no Wyoming, não em Montana. Na verdade, em Montana tem mais lobos, só que é mais difícil encontrar. Os do Yellowstone são protegidos, por isso não têm tanto medo dos humanos; se a gente for aos lugares certos bem de manhãzinha, dá até pra ver alguns."

Mostrei a ela umas coisas da internet que a Suki tinha me ajudado a imprimir. Um mapa do Parque Nacional de Yellowstone. O valor da passagem do Tennessee até lá, 700 dólares por pessoa. De carro, eram 3.165 quilômetros para ir, mais o mesmo para voltar.

"Dá tipo uns três dias de viagem", expliquei. "Ou seja, também custa muito dinheiro. A hospedagem no Yellowstone é supercara, mas dá pra acampar gastando bem menos, só que aí a gente precisa de barraca, essas coisas." Suspirei. "É tudo supercaro." Muito mais que uma viagem até a praia.

"O primeiro passo é saber o que você quer", disse a dra. Fremont. "O segundo passo é descobrir formas de realizar isso."

Eu sabia o que queria, mas não sabia como realizar. Aquela noite, enquanto eu e a Suki lavávamos a louça do jantar, eu disse a ela que achava que o Yellowstone seria um lugar seguro para nós.

"Caramba, no Yellowstone tem gêiseres explosivos", retrucou a Suki. "Tem ursos pardos. Não me parece nada seguro."

"Tem lobos", devolvi. "Feito a gente." Fiz uma pausa. "Você não pode tentar testemunhar no tribunal?"

A Suki negou com a cabeça.

"Você está querendo duas coisas ao mesmo tempo. Você quer que eu melhore e prometa que nunca mais vou me machucar, e ao mesmo tempo quer que eu faça uma coisa que vai me deixar pior."

"Vai te deixar melhor, não pior."

"Se correr tudo bem, talvez. Se der errado, não."

Eu achava que ia correr tudo bem. Eu me sentia melhor, agora que estava me posicionando na escola. Preferia arrumar confusão por socar o Trevor do que me encolher, como a Nevaeh.

Eu preferia lutar. "Você também é uma lutadora", eu disse à Suki.

A Francine me puxou para o lado.

"Para com isso, já te falei. A escolha é dela."

"Ela vai melhorar se ele ficar mais tempo preso."

"Pode ser. Mas seria a coisa mais difícil que ela faria na vida, Della. Mais difícil que cuidar de você aos 8 anos. A sua irmã acabou de sair do hospital. Eu não sei o quanto ela consegue aguentar."

"Ela é um lobo", retruquei.

"Você está levando essa história de lobo meio longe demais", disse a Francine. "Ela é um lobo pra *você*. Pode ser que ela não se sinta assim. Deixa ela quieta."

No dia seguinte, a Suki chegou em casa com uma tatuagem.

No mesmo punho que ela tinha cortado, bem ao lado da cicatriz. Era um ponto e vírgula, um sinal de pontuação mais ou menos assim:

;

"O ponto e vírgula é usado quando a gente não quer pôr um ponto-final", disse a Suki, com um brilho nos olhos. "Isso é pra eu me lembrar. A minha frase... A minha história... ela vai continuar."

Nossa, aquilo era bem legal.

"Você queria que eu fizesse mais", disse ela. "Que eu prometesse. Pois então. Essa é a melhor promessa que posso fazer agora. Toda vez que eu olhar para o pulso, não vou ver só o que eu quase fiz. Vou ver o que vou fazer a partir de agora: seguir em frente."

Encarei meu próprio punho, com os tendões no meio e as veias correndo. A artéria que a Suki tinha cortado era a mais profunda. Tinha conexão direta com o coração.

"Também quero uma."

Ela franziu o cenho.

"Humm... não. Você tem 10 anos. Além do mais, você não... Esse é um símbolo especial, Della. Não dá pra você usar. As pessoas vão pensar uma coisa de você que não é verdade."

"É verdade, sim", devolvi. "A minha história também vai continuar."

"Vai", disse a Suki. "Mas não é a mesma coisa."

A Francine não deu a mínima quando soube que a Suki tinha feito uma tatuagem sem permissão, mesmo sendo menor de idade.

"Acha que eu pedi permissão pra fazer alguma das minhas *tatus*?", disse ela. "A pele é sua, meu doce, você faz com ela o que quiser."

"Por que você é tão tranquilona com tudo?", perguntei. Ela gastava um tempão levando a gente para todo canto, para os nossos compromissos e tudo, sem falar no gasto com gasolina, sem falar no gasto com a ACM, e continuava agindo como se não fosse nada de mais. "Por que você é tão prestativa?"

"Eu gostaria que alguém tivesse me ajudado quando eu tinha a idade da Suki", respondeu ela. "Ou a sua." Ela baforou a fumaça do cigarro, formando uma nuvem. "Queria ter tido alguém do meu lado."

Ah.

Sorvete... Como o mundo era difícil.

"Você falou que só abrigava crianças por conta do dinheiro", lembrei a ela.

Ela deu de ombros.

"Se não me pagassem, eu não ia dar conta de abrigar. Não teria dinheiro. Mas eu não falei que 'só' abrigava pela grana, falei?"

Achei que ela tinha falado. Talvez eu estivesse errada.

Mais tarde, naquela mesma semana, a nossa assistente social voltou. Falou sobre o retorno da Suki à escola e sobre as nossas sessões de terapia, depois mencionou o Plano de Permanência.

A Suki me surpreendeu.

"Eu pensei em alguma coisa na área da saúde", disse ela.

"Tipo ser *médica*?", perguntei.

"Não. Lá no hospital tinha gente fazendo várias coisas diferentes. Nos dois hospitais. Colhendo sangue, fazendo exame. Tirando raio X. Essas coisas."

A assistente social assentiu, empolgada.

"São técnicos da área da saúde", explicou ela. "Seria um excelente objetivo. A escola oferece umas disciplinas de ciências da saúde para cursar com o ensino médio, e seria ótimo você começar por elas."

"Eu sei", disse a Suki. "A minha orientadora vocacional falou que eu posso escolher uma dessas matérias no semestre que vem."

A assistente social fez umas anotações.

"Você precisaria se formar no ensino médio, depois cursar mais um ou dois anos de colégio técnico. Daí poderia..."

A Suki ergueu a mão.

"Não sei. Não estou afirmando isso ainda." Ela suspirou. "Não é fácil perder três semanas de aulas e depois voltar com uma cicatriz no pulso."

"E um ponto e vírgula", falei.

Ela sorriu para mim.

"E a cicatriz é parte da razão por que eu fiz o ponto e vírgula, não é? Mas..." A Suki olhou a assistente social. "Não estou afirmando nada ainda. Só talvez."

Aquele *talvez* era mais do que a gente já tinha tido na vida.

"E você, Della?"

"Eu quero visitar o Parque Nacional de Yellowstone."

A assistente social pestanejou.

"Quando?"

"Assim que der." Apontei para o caderno dela. "Anota aí. Parque. Nacional. De Yellowstone."

"Mas isso fica no Wyoming..."

Que era ainda mais longe que o Kansas.

"Isso mesmo."

Já era sexta-feira outra vez. A Suki tinha trabalhado meio período durante a semana, depois implorou para voltar à escala de sexta à noite.

"Sabe o que eu amo?", disse ela, no caminho para o Food City. Tínhamos deixado a Francine no O'Maillin's. "Quando estou passando as compras bem depressa e a registradora vai fazendo *bipe-bipe-bipe-bipe-bipe*. É tipo uma música, sabe? Ou tipo ganhar na loteria."

Eu não sabia, mas amava ver a minha irmã sorrindo.

O treinador Tony estava de pé junto à porta principal, vestindo a camisa oficial do Food City e uma calça cáqui.

"Oi, treinador!", falei.

"Oi, coração!", respondeu ele. Depois disse à Suki: "Bem-vinda de volta."

"Obrigada", disse ela.

"A Della te contou sobre a escolinha de basquete da ACM?", perguntou o treinador. "Eu gostaria que ela participasse pra poder aprimorar a prática antes do ensino médio. Eu treino as equipes de adolescentes."

A Suki ergueu as sobrancelhas.

"Parece bacana."

Eu neguei com a cabeça.

"Quarenta pratas." Eu tinha perguntado.

"Ah."

"A gente oferece umas bolsas. Você teria que chegar mais cedo pra ajudar na organização do ginásio. Varrer o chão, essas coisas."

"Sério?" Eu poderia fazer aquilo. Talvez a Nevaeh pudesse fazer comigo.

A Suki foi ao escritório bater o ponto. Eu corri até a área da padaria. Assim que me viu, a Maybelline me deu um biscoito. Com gotinhas de chocolate. Eu o parti em dois e devolvi metade a ela.

"Vamos dividir. E hoje também vou reabastecer os saleiros."

Ela mordeu o biscoito.

"Que coisa boa. Senti a sua falta. Como você tá? E a sua irmã?"

Eu olhei para a Maybelline.

"Acho que ela tá melhor. Tenho medo de que ela não esteja, mas acho que tá. Ela tatuou um ponto e vírgula no pulso. Você sabia que tatuagem é pra sempre?"

"Sei, claro. Por isso nunca me tatuei. Eu mudo de ideia com mais frequência do que algumas pessoas mudam de calcinha."

Eu passeei pela loja e conferi a seleção de cremes para café. (Tinha um sabor novo: rolinho de canela clássico.) Limpei as mesas da área da padaria e enchi os saleiros. Os pimenteiros também, mas parece que o povo não costuma usar tanta pimenta. Arrumei as gôndolas de frutas. Lá pelas dez, comecei a fazer as compras da Francine e acabei encontrando a coisa mais incrível: no Food City tem uma seção de livros bem pequenininha, no corredor dos cartões de presente, dos lápis e dos artigos para bebês. A maioria dos livros tem uns caubóis quase pelados ou umas mulheres branquelas de cabelo comprido meio desfalecidas na capa, mas em geral também tem uns livrinhos infantis, tipo uns da Vila Sésamo e das princesas da Disney. Às vezes, na prateleira de baixo, tem uns sobre culinária, jardinagem ou caminhões.

Nada daquilo me interessaria, mesmo que eu gostasse de livros — mas, de alguma forma, quando empurrava o carrinho, acabei batendo o olho na prateleira inferior e vi um livro de colorir sobre lobos.

Sério. Sobre lobos. E não era um livro de colorir para criancinhas pequenas — era tipo um livro chique, com lobos todos esbeltos, intrincados e ferozes.

Eu nunca tinha me apaixonado por um livro de colorir. Nunca nem tinha tido um, pelo menos não que eu soubesse. Eu me ajoelhei e agarrei o livro — e foi muito louco, pois era o único da prateleira, como se estivesse ali à minha espera. Custou 10 dólares, mas eu nem liguei. Mostrei o livro à Suki.

"Se não der pra pagar com a minha parte dos dez por cento, eu te pago de volta. Juro." Ela abanou a mão, tirou as canetinhas chiques da bolsa e me emprestou.

Passei o resto da noite sentada na área da padaria. Colori um lobo de vermelho, marrom e dourado e entreguei à Maybelline, que pendurou bem atrás do balcão. Colori outro de amarelo e verde para o Tony, e um de azul, preto e roxo para a Suki. Depois pintei mais um, com todas as cores do arco-íris. Esse eu guardei para mim.

41

Tudo correu às mil maravilhas até segunda de manhã, quando fui fazer outra pergunta à Suki. Não me culpo por perguntar. Eu precisava saber. O despertador tinha acabado de tocar, e nós ainda estávamos meio sonolentas.

"Quantas vezes ele machucou você?", perguntei.

Ela deu de ombros.

"Tipo semana sim, semana não."

Demorei um instante para processar. E me sentei.

"Quase toda semana? Durante *anos*?"

Sempre que a Suki ficava muito triste, os olhos dela aumentavam de tamanho. Naquele momento, parecia que iam engolir o rosto dela inteiro.

"Durante anos", disse ela. "O tempo todo."

A dra. Fremont e a Francine diziam que eu e a Suki precisávamos viver no presente. Eu entendo, mas o passado insiste em nos invadir e nos encher de bofetadas.

Quando cheguei à escola, não estava com disposição para aguentar aquele sorvete do Trevor. Talvez ele tenha percebido. Talvez tenha se sentido meio desafiado, até. Logo depois do café da manhã ele trombou comigo no corredor, sem-querer-querendo. Sem-querer-querendo, eu trombei de volta. Com força.

Na hora do recreio, ele beliscou a Luisa enquanto ela conversava comigo.

"Para!", gritou a Luisa, mas ele saiu correndo e gargalhando.

O sinal tocou. O recreio acabou. Eu voltei para a minha carteira. Honestamente, já tinha esgotado toda a minha cota de sorvete.

Eu me virei e encarei o Trevor. Ele abriu um sorrisinho afetado.

"Vire para a frente, Della", disse a sra. Davonte.

Eu me virei, mas um instante antes vi o Trevor se inclinar e sussurrar algo para o garoto ao lado dele. Os dois me olharam e riram. Eu não fiz nada. Não consegui, com a sra. Davonte parada em frente à lousa, me olhando feio.

Tivemos aula de matemática. No final, a sra. Davonte passou um exercício e nos deu tempo para fazer. Eu estava meio curvada, totalmente concentrada, pela primeira vez. Não estava nem mais pensando no Trevor. Quando ele se levantou para entregar o exercício à professora, passou por mim, estendeu a mão e beliscou a pele das minhas costas. Com força.

Eu dei um pinote. Dei meia-volta e avancei, posicionando o corpo a uns dois centímetros do Trevor. Impulsionei o braço, para largar um soco nele.

Mas aí desisti.

Não soquei o Trevor.

Em vez disso, encarei ele nos olhos. E falei, em alto e bom som, preenchendo o silêncio que havia se abatido sobre a sala:

"Você me beliscou, e precisa parar com isso. Nunca mais encoste a mão em mim. Nunca mais toque em mim sem permissão, ou em qualquer outra menina dessa turma. *Nunca mais.*"

O Trevor deu um passo para trás. Parecia quase acuado. Eu era mais alta que ele. E mais pesada também. E vinte vezes mais feroz.

Eu era um lobo.

"Della!", disse a sra. Davonte, que se meteu entre nós dois. "Vá se sentar!"

"Eu não vou me sentar. Só vou me sentar depois que ele prometer que vai parar de me beliscar."

"Eu não toquei nela", disse o Trevor.

"Tocou sim!"

"É sério, sra. Davonte..." O Trevor ergueu os olhos com a cara mais inocente do mundo. "Eu não fiz isso."

"Seu grande..."

Eu não falei a palavra. (Sorveteiro.) Em vez disso, olhei para a sra. Davonte.

"Olha as minhas costas."

"Como?"

"Pode subir a minha camiseta e conferir as minhas costas. Vai ter a marca do beliscão."

A prova do crime.

"Della, não seja ridícula", disse a sra. Davonte. Parecia superirritada. Uma briga entre os dois alunos de quem ela menos gostava. Ela não queria acreditar em nenhum dos dois.

Olhei por sobre o ombro. Achei a Nevaeh. E a encarei.

Precisa de ajuda?, perguntaram os olhos dela.

Preciso, por favor, responderam os meus.

A Nevaeh se levantou.

"É mentira do Trevor. Eu vi ele beliscar a Della. E ele faz a mesma coisa comigo."

Do outro lado da sala, a Luisa se levantou. Parecia assustada, mas foi em frente mesmo assim.

"Hoje no recreio ele beliscou as minhas costas."

"Beliscou as suas costas?", indagou a sra. Davonte.

"Ele acha graça que a gente não usa sutiã."

A Mackinleigh se levantou.

"Ele faz isso comigo também."

Outra menina se levantou. E outra. E mais outra. Além de mim, havia seis meninas de pé. O Trevor ficou vermelho.

"Ele faz isso o tempo todo", disse a Nevaeh, para todo mundo ouvir. "Ele faz e fica rindo da gente."

"Eu comecei a usar os sutiãs velhos da minha irmã, e mesmo assim ele continua", falou a Mackinleigh. "Ele estala a alça. Eu já mandei ele parar, mas ele nem liga."

"E dói", disse a Luisa, bem baixinho. "Eu também já falei pra ele parar."

"Eu já falei três vezes", completei. "Ele não tem permissão de me tocar."

A sra. Davonte parecia atordoada, como se tivesse pulado numa piscina congelante.

"Trevor, vá se sentar na diretoria", disse ela. "Encontro você lá em um minuto."

O Trevor saiu se arrastando. O resto da turma permaneceu em silêncio. Nem os amigos do Trevor riram. A gente nunca tinha visto aquela expressão no rosto da sra. Davonte. Ela olhou para nós, virou a cabeça e encarou a turma toda, sobretudo as meninas que estavam de pé.

"Há quanto tempo isso vem acontecendo?"

Ninguém abriu a boca.

"Por que ninguém disse nada?", perguntou a sra. Davonte. "A Della está certa. Ninguém está autorizado a tocar um colega sem permissão. Nós tivemos uma extensa conversa sobre isso no início do ano."

"Eu falei pra minha professora no ano passado", respondeu a Nevaeh. "O Trevor disse que não tinha feito nada. A professora achou que eu estava mentindo."

"O meu pai fala que eu tenho que lutar as minhas próprias batalhas", disse a Luisa. "Mas eu não gosto de lutar."

"A senhora pensa que já sabe tudo a meu respeito", falei. "A senhora não escuta."

A sra. Davonte suspirou.

"Eu peço desculpas." Parecia arrependida. "Está muito claro que eu devia estar ciente disso. Meninas, podem se sentar... E obrigada a todas por se levantarem e se manifestarem." Ela me olhou outra vez. "Della, vá até a diretoria você também."

42

A dra. Penny e a sra. Davonte ligaram para a Francine, dizendo para que ela pedisse dispensa do trabalho e fosse até a escola.

"Por quê?", perguntei. "Foi o Trevor que começou. A culpa não foi minha."

"Você não arrumou problema nenhum", disse a dra. Penny, "mas precisa de um responsável aqui neste momento."

"Pra quê?" Eu me levantei e comecei a andar pela sala. O Trevor continuava sentado, encarando os sapatos. "A Francine vai ter que pedir uma dispensa de emergência. Não vai ficar nada contente."

"Eu imagino que não", disse a dra. Penny, como se não fosse nada de mais. "Ela é a sua cuidadora. Esta situação exige a presença de alguém responsável por você."

Nós aguardamos na diretoria por cerca de uma hora, todos sentados. A minha barriga estava um bololô só. O Trevor estava com as pernas e os braços espichados, como se estivesse super-relaxado e despreocupado, mas dava para perceber como a respiração dele estava curta e acelerada.

Uma parte de mim queria mandar que ele respirasse bem fundo. E soltasse o ar bem devagar.

A outra parte não queria.

Quanto mais tempo se passava, mais nervoso o Trevor ficava. Fiquei imaginando qual seria a história dele. Fiquei pensando por quantas coisas ruins ele teria passado.

Não importava quantas fossem, ele não tinha o direito de me assediar.

A mãe do Trevor chegou, vestida com o uniforme de uma rede de fast-food. Deu a mesma olhada firme para mim e para o Trevor. Não disse nada. A Francine entrou logo depois, sem a menor afobação, como se aquele fosse um momento corriqueiro do dia. Antes que alguém falasse qualquer coisa, a dra. Penny conduziu todo mundo até outra sala, onde havia uma grande mesa. A sra. Davonte retornou. Contou à Francine e à mãe do Trevor o que havia acontecido, e o que eu, a Nevaeh, a Mackinleigh e a Luisa havíamos dito. Falou que outras meninas também tinham se manifestado.

A mãe do Trevor tinha uma expressão dura e malvada. Disse que não estava entendendo o motivo de tanta comoção por conta de uma pequena implicância, e afirmou que a agressora da história era eu. Afinal de contas, eu tinha socado o Trevor, não tinha?

"Isso foi semana passada, não foi hoje", respondi. "Mas eu socaria de novo..."

"Cala a boca, Della", disse a Francine.

Ela estava com o semblante fechado, feito a mãe do Trevor. Mais do que nunca, parecia um cachorro. Começou a dizer umas frases longas e ríspidas, com palavras como *assédio* e *ambiente de aprendizagem seguro*. Na verdade, demorei um tempo para entender que ela estava do meu lado.

"Quero ver o manual de conduta escolar", disse a Francine. "Vamos ver o que cada um desses alunos fez, de fato."

No fim das contas, descobrimos que "toque inapropriado" era realmente uma *questão*. Primeira incidência: *três dias* de detenção escolar. Ou seja, o Trevor teria que passar três dias inteiros na biblioteca, sozinho, fazendo as tarefas.

"Não foi a primeira vez", eu falei.

A diretora olhou a sra. Davonte de soslaio.

"Compreendo", respondeu ela. "Mas é a primeira vez documentada."

"Foram sete meninas", insisti. "Sete incidências."

"Pois é", disse a diretora, num tom reflexivo.

"Isso é ridículo!", soltou a mãe do Trevor. E começou a falar que o outro filho, o Daniel, também estava sendo atacado, e que os professores da escola estavam perseguindo os meninos dela. Falava num tom agudo e nervoso. Ela se virou para o Trevor. "Não acredito que você tá deixando uma garota levar a melhor pra cima de você."

"Pois bem", disse a Francine, tornando a abrir o manual. "E aí, o que a Della fez?"

O que eu tinha feito, pelo menos daquela vez, tinha sido basicamente nada. Eu tinha perturbado a aula. Não tinha batido em ninguém, nem estragado nada, nem falado palavrão, para variar. Quem "perturbava a aula" ganhava um "recesso reflexivo", que era basicamente um *sente-se e reflita sobre o que você fez*. E eu já tinha passado uma hora fazendo aquilo.

O Trevor parecia em choque. Tipo, ele nunca tinha imaginado que aquele comportamento era tão sério assim.

"Eu gostaria que as meninas tivessem vindo falar comigo antes", disse a sra. Davonte. "Gostaria de ter sido mais atenta."

"É difícil falar de coisas difíceis", respondi. "Ainda mais pra quem não escuta."

A sra. Davonte olhou para mim.

"Claro. Eu compreendo."

"Trevor, o que é que você tem a dizer?", perguntou a dra. Penny.

Ele ergueu os olhos. Encarou a mãe de soslaio e se encolheu um pouco. Eu sabia que ele estava com medo. Uma parte de mim, a parte malvada, desejou ficar feliz — desejou que ele sentisse medo, pelo menos uma vez na vida —, mas no fundo eu não queria aquilo. Eu não achava que o Trevor era ruim como o Clifton. Lá no fundo, sabia que não. E eu sabia que não conhecia a história dele.

Fiquei pensando de quem o Trevor teria medo, e por quê.

"Foi o Daniel que começou", disse ele, "a puxar as alças dos sutiãs. Só de farra, sabe? Mas as meninas do quarto ano não usam sutiã, daí... Ah, vocês sabem..." A voz dele foi morrendo.

"E qual é a graça disso?", perguntou a sra. Davonte.

"É só provocação", respondeu a mãe do Trevor. "Todos os meninos..."

"Ah", disse o Trevor. "É engraçado. Os outros garotos ficam rindo." Ele se mexeu na cadeira, incomodado.

Eu lembrei da minha antiga escola e de como eu tentava fazer graça para os outros alunos. Porque eu queria fazer amigos. Queria que os outros gostassem de mim. O Trevor era o único garoto que tinha o nome escrito na lousa.

"As garotas nunca acharam engraçado", devolvi. "Eu odeio."

"Tem algumas que acham", disse ele.

"Aposto que não. Você ia gostar se todas as garotas começassem a agarrar a frente da sua calça?"

"Ora, isso não é...", começou a mãe do Trevor.

"É exatamente a mesma coisa", disse a Francine.

O Trevor não disse nada, só arregalou os olhos.

"Pois é, imaginei que não", disse a ele. "Então para com isso."

O Trevor me encarou por meio segundo, depois baixou os olhos.

"Tá bom", disse ele. "Eu... Sabe... Me desculpa."

A mãe do Trevor começou a falar que aquilo não era justo, que era tempestade em copo d'água, que os meninos eram meninos, que era assim que eles agiam, que ninguém queria um bando de maricas. A diretora disse que masculinidade não era sinônimo de mau comportamento e fez a mãe do Trevor assinar o papel da detenção dele.

"E *ela*, vai receber qual punição?", perguntou a mãe do Trevor, apontando para mim.

A dra. Penny falou que eu receberia a imposição adequada. Dispensou o Trevor e a mãe dele. Depois que eles saíram, ela se virou para mim.

"Se ele te tocar sem a sua permissão outra vez — ele ou qualquer outra pessoa —, quero ser comunicada na mesma hora. Está bem?"

Eu fiz que sim com a cabeça.

"Eu estou orgulhosa de você", disse ela. "Por você ter resolvido as coisas na conversa. Usando as palavras *adequadas*. É um ótimo progresso, Della. Volte para a aula."

"Acho que vou levar ela pra casa", disse a Francine.

"Não precisa", respondi, mais que depressa. "Eu vou me comportar."

"Não. Já tá de bom tamanho."

A Francine esperou que eu pegasse a minha mochila. Nós entramos no carro. Ela dirigiu direto até o McDonald's.

É sério. Ela comprou um *milk-shake* de chocolate para cada uma.

"Eu não estou tentando estragar as coisas", falei, puxando com força pelo canudinho.

"Você não estragou nada", respondeu ela, puxando com força pelo canudinho também. "Você fez bem."

43

"Humm", disse a Suki, em casa. "Ele foi punido e você não?"
"Isso mesmo", respondi. "E nem falei *sorvete*."
"Humm. Que maravilha. Muito bom pra você."

Na manhã seguinte, eu tinha sessão de terapia com a dra. Fremont. Ao receber a folhinha dos sentimentos, marquei *irritação*, mas não *raiva*. *Preocupação*, mas não *medo*. *Força*, não *irrelevância*. Marquei *resiliência*. Marquei *orgulho*.

A dra. Fremont olhou o papel.

"Excelente progresso", disse ela.

Depois, pegou o caderninho de exercícios que às vezes preenchíamos quando eu estava lá.

"Acho que está na hora de você começar a escrever a sua história", disse ela.

E me mostrou umas páginas nas quais eu deveria escrever o que aconteceu comigo, como eu me sentia a respeito e o que gostaria que acontecesse em seguida. O meu futuro. Meu Plano de Permanência.

No caderninho havia duas páginas e meia em branco para que eu escrevesse a minha história. Balancei a cabeça.

"Vou precisar de muito mais espaço que isso."

Cheguei mais cedo à escola. Abri o tampo da carteira e peguei o creme de café que eu vivia trocando com a Nevaeh.

Manteiga de pecã do sul. Eu jurava que um dia ia provar aquilo. Não podia ser pior que tomar café com o de baunilha francesa desnatada e açúcar. Deixei a garrafinha na carteira da Nevaeh.

Ela entrou, viu o creme e sorriu.

"Você é a minha heroína", falei.

Ela olhou em volta.

"Cadê o Trevor?"

"Biblioteca. Três dias de detenção."

"Não acredito."

"Nem a sra. Davonte pode ignorar todas nós." Nós tínhamos agido feito uma matilha, todas as meninas. Uma alcateia.

"Acho que não mesmo", disse a Nevaeh.

No recesso, a Luisa veio me agradecer. A Mackinleigh balançou a cabeça.

"Estou preocupada. Agora ele só vai fazer quando as professoras estiverem longe."

"Se a gente trabalhar juntas, não", respondi. "Precisamos deixar bem claro pra ele que a gente vai abrir a boca assim que ele começar. A punição pela segunda incidência de toque inapropriado é a suspensão." Ou seja, ele teria que passar pelo menos três dias em casa com aquela mãe raivosa. Na minha opinião, ele não ia arriscar. No fim das contas, mexer com a gente não tinha sido tão divertido assim.

A punição por socar um colega pela segunda vez também era suspensão. Se eu tivesse socado o Trevor em vez de abrir a boca, estaria enfiada em casa. E certamente a Francine não teria me comprado um *milk-shake*.

"Eu não vou bater nele outra vez", falei.

A Nevaeh sorriu.

"Vai parar de falar palavrão?"

Eu sorri de volta.

"Provavelmente não. Eu gosto de palavras fortes."

Nós corremos até o balanço e competimos para ver quem se balançava mais alto. Eu fiz o melhor que pude, mas não deu. A Luisa era uma ninja do balanço.

Enquanto planava no ar, pensei no Trevor, e no Clifton, e na Suki. E na minha nova alcateia.

De repente, soube o que precisava fazer. Parei de me balançar. Respirei fundo. Seria a melhor coisa possível, se eu tivesse coragem.

E eu tinha.

"Preciso falar com o meu advogado", soltei durante o jantar. Estávamos comendo espaguete outra vez. Não era tão gostoso quanto macarrão com queijo, mas era quase.

A Francine se engasgou com o refrigerante.

"Pra quê? Está querendo processar alguém?"

"Eu tenho um advogado e quero poder me comunicar com ele." Nós já tínhamos nos encontrado. Tinha sido rapidinho e fazia muito tempo, mas ele avisou que só nos veríamos mais vezes quando o julgamento estivesse chegando.

"Claro", disse a Francine. "Mas..."

Os olhos da Suki ficaram iguais aos de um lobo. Desconfiados. Ela baixou o garfo e me encarou.

"Por que você quer falar com o advogado, Della?"

Eu a encarei de volta.

"Porque eu vou testemunhar contra o Clifton pessoalmente. Não quero usar aquela gravação."

"Por que não? A gravação vai funcionar do mesmo jeito. Você já gravou. Não precisa repetir tudo."

"Mas eu quero. Vou me sentar naquela sala de audiência, na frente de todo mundo."

"Vai ser superdifícil", disse a Suki. "Na frente de todo mundo. Na frente do Clifton."

"Na frente do Clifton", concordei. "Vou contar pra todo mundo exatamente o que ele fez comigo. Depois..." Fiz uma pausa e respirei fundo. "Vou contar tudo que eu puder sobre o que ele fez com você."

A Francine soltou um assobio.

A Suki ficou pálida.

"Não vai, não."

"Vou, sim."

"Essa é a minha história."

"É a sua história, mas também é a minha. Eu não sei o que você sente. Não sei dizer exatamente o que ele fez com você, nem quando. Mas tudo que ele fez com você me machucou também. Então a história também é minha, e eu tenho o direito de contar. Vou contar tudo que sei sobre nós duas."

A Suki apoiou a testa nas mãos.

"Você não tem ideia de como isso vai ser difícil."

"Eu tenho. E vou fazer mesmo assim."

"Della, pensa", disse a Suki. "Pensa, falando sério. Você quer mesmo falar pessoalmente no meio de um tribunal? Eles vão tentar encontrar furos na sua história. Vão tentar provar que você é uma mentirosa."

"Só que eu não vou mentir, então eles não vão conseguir."

"Você não sabe dos detalhes. Do que ele fez comigo."

"Eu vou falar tudo que eu sei. E vou pedir pra Teena falar também. E ela vai fazer isso por nós."

Eu e a Suki ficamos nos encarando.

"Eu sei que vai ser difícil", falei. "Mas vou fazer mesmo assim."

"Francine, diz pra ela que essa ideia é péssima", pediu a Suki.

A Francine sugou o espaguete e deu de ombros.

"Se ela tem essa coragem, quem sou eu pra impedir?"

A Suki se levantou. Largou o prato na pia e foi até o banheiro. Eu senti um aperto no estômago, morrendo de medo. Havia alguma faca no banheiro? Algum remédio, veneno, alguma coisa perigosa lá dentro?

Ouvi o barulho da descarga, e a Suki saiu. Voltou a se sentar à mesa.

"Para com esse pânico, Della", disse ela, mostrando o punho para mim. A tatuagem de ponto e vírgula. "Eu prometi, não foi?" Ela me encarou com firmeza. "Você ficou muito assustada, não ficou? Por eu ter ido ao banheiro?"

"Fiquei."

Ela fechou a cara.

"Eu sinto muito. O que eu fiz te impressionou demais."

Nós lavamos a louça. Depois a Suki abriu o computador e espalhou seus deveres de casa na mesa da cozinha. Eu peguei meu livrinho e comecei a colorir uma loba, muito linda e forte, que uivava para a lua.

"Della", disse a Suki, depois de um tempo.

Eu ergui os olhos.

"Vem cá ver esse vídeo que eu achei."

Eu me aproximei com a cadeira até conseguir ver a tela. A Suki colocou o vídeo para rodar.

Era sobre os lobos do Yellowstone.

Começava com a imagem de um lobo branco uivando. Uma voz masculina foi narrando a história.

Os lobos haviam passado um bom tempo extintos do Yellowstone. Mais de setenta anos. Aí, em 1995, uma pequena alcateia foi reinserida no parque. Quatorze lobos.

Naquela época, havia muitos cervos no parque. Eles estavam devorando as plantas e causando um estrago. Os lobos comeram alguns cervos e afugentaram outros. A vegetação rasteira voltou a crescer, depois as árvores. Os castores retornaram. As raposas, os coelhos e os roedores retornaram. As doninhas, os gaviões, os pássaros cantantes e as águias. A erosão das ribeiras parou. Os leitos dos rios cresceram e se estabilizaram.

Os lobos melhoraram tudo.

Quando terminamos o vídeo, a Suki me olhou.

"Não eram muitos lobos, mas eles transformaram tudo", disse ela.

Eu assenti. Ela deu mais uns cliques.

"Olha só o que mais eu encontrei. O Grupo Jovem de Conservação do Yellowstone." As fotos mostravam um grupo de crianças da idade da Suki, de chapéu amarelo e camiseta cáqui. "É pros alunos do ensino médio", explicou ela. "Eles passam um mês trabalhando no Yellowstone."

"E recebem pagamento? Tipo num emprego de verdade?"

A Suki fez que sim.

"E ainda ganham alimentação e moradia."

"Eita", soltei. Era quase inacreditável. Receber dinheiro para viver entre os lobos.

A Suki pôs o vídeo para rodar outra vez. Na tela, o lobo branco apontou o focinho para o céu e uivou. Era o som mais lindo do mundo.

"Será que eu podia... Quer dizer, será que a gente podia...?"

"Se eu arrumar um carro", disse a Suki, "a gente vai até lá."

"Podemos parar pra ver a mamãe no caminho?"

A Suki encarou os lobos.

"Não é uma boa ideia, Della. Não vai ajudar em nada. A mamãe nunca vai ser do jeito que a gente precisa que ela seja."

"Mesmo assim eu queria ver ela."

"Ela não vai ser legal."

"Eu só queria uma lembrança que não fosse aquele quarto do hotelzinho."

A Suki me abraçou.

"Tudo bem. A gente pode tentar."

Ela passou o vídeo pela terceira vez. Os lobos do Yellowstone. E eu fui vendo tudo começar a se encaixar. Um Plano de Permanência de verdade.

"Suki", falei, "é muito bom ser loba."

Ela me olhou, mas ficou em silêncio.

"Você se importa se eu contar a sua história?", perguntei. "No tribunal?"

Ela inspirou fundo. Prendeu o ar, depois soprou.

"Eu me importo, sim. Mas a Francine tem razão. A história é sua também. Eu não posso te impedir."

"Você vai ficar com raiva de mim?"

"Acho que não. Se eu puder evitar, não."

"Eu fui pesquisar. Se eu contar tudinho que o Clifton fez, ele pode pegar vinte anos de prisão."

"Só se acreditarem em você", respondeu a Suki. "O que provavelmente não vai acontecer."

"Mas eu quero tentar."

45

Fui dormir feliz com a minha decisão. Pela primeira vez, *eu* seria a irmã mais forte. Eu ia me pronunciar. Ia ajudar a Suki.

Ela não teria que encarar o Clifton na sala de audiência. Não teria que sentir tanto medo.

Fui dormir, mas algo me importunava bem no cantinho da mente. Quando acordei, sabia o que era.

O despertador ainda não tinha tocado, mas o dia já começava a clarear. Já passava muito da hora da gritaria da Suki. Desde que voltou para casa, minha irmã não tinha acordado no meio de nenhum pesadelo.

Ela dormia profundamente, de costas, roncando baixinho. Eu a cutuquei.

"Acorda."

A Suki abriu os olhos.

"O que foi?"

"Eu pensei numa coisa. Você tá errada sobre ter que testemunhar pessoalmente. Você pode fazer isso por gravação. Lembra?"

"Se eu quiser que alguém acredite em mim, vou ter que responder a várias perguntas. Ao vivo. Na frente dele."

"Não vai, não. Eles podem perguntar pros seus médicos. Pros terapeutas. Pra todo mundo lá do hospital a quem você contou. E você pode só fazer a gravação. Já fez, inclusive."

Os olhos dela se encheram de lágrimas.

"Só as crianças podem dar testemunho gravado."

"Suki", eu disse, com um nó na garganta. "Você era criança."

Ela me encarou.

"Você *é* criança", falei. "Uma menina. Ainda é."

Ela balançou a cabeça.

"Eu nunca cheguei a ser criança. Alguém tinha que ser o adulto." As lágrimas se acumularam, ameaçando transbordar.

"Você tinha que agir que nem adulta. Mas não era adulta. Era só uma garotinha." Eu senti meus próprios olhos se encherem de lágrimas. "Você era tão pequena, Suki... Você fez o melhor que pôde, mas mesmo agora... você não é adulta. É uma menina."

Nós precisávamos da proteção de uma mãe. Ou de um pai. Ou de ambos. Precisávamos da nossa própria alcateia, para cuidar de nós até que estivéssemos crescidas.

As lágrimas escorreram pelo rosto da Suki.

"Às vezes eu sinto tanta pena daquela garotinha assustada..."

As minhas lágrimas correram. Eu meneei a cabeça.

"Eu também. Ainda sinto."

A Suki deitou o rosto no travesseiro. Ela tremia. Aí começou a chorar de soluçar. Chorou, chorou, chorou, chorou. Eu fiquei ali deitada, com a cabeça apoiada nela, abraçando a minha irmã com firmeza.

Enfim nós paramos de chorar. A respiração da Suki se acalmou. Ela não disse nada, mas não era preciso. Eu já sabia o que ela ia fazer.

46

Na noite seguinte, a Suki trabalhou meio turno no Food City. Em casa, fui fuxicar o computador dela. Eu estava procurando duas coisas. A primeira era o ponto e vírgula da Suki.

Era um símbolo de sobrevivência. De esperança.

Eu também era uma sobrevivente, mas de outra maneira. Comecei a procurar a segunda coisa. Acabei encontrando.

Fui até a sala e me larguei no sofá, ao lado da Francine. Ela estava com a TV ligada, jogando um joguinho no celular.

"E aí, beleza?", disse ela.

"Beleza", respondi. "Sabe essa história de que você tem que pagar por tudo que for necessário pra mim e pra Suki?"

Ela interrompeu o jogo e ergueu os olhos.

"Sei", respondeu. "Você tem razão, provavelmente, e sei que a sua irmã ainda não pode pagar. Eu vou te comprar um celular. Só não espere que tenha acesso à internet."

"Não é isso." Eu mostrei a ela um pedaço de papel.

"E aí? Isso é um 'e', não é?"

"Isso. O nome correto é 'e comercial'. Também significa união. Ou o início de uma jornada. Ou..." Eu tinha escrito aquela parte porque achei muito bacana, mas sabia que não ia conseguir me lembrar de cabeça. *A expectativa da ocorrência de algo mais.*"

"Esse rabisquinho aí?"

"Quando vira uma tatuagem."

A Francine cravou os olhos em mim.

"Ai, sorvete", disse ela. "Isso é incitação à delinquência de menor."

"A Suki é menor."

"É maior que você", devolveu ela.

"Eu não conto pra ninguém."

"Eu acho que seria uma péssima ideia."

"Francine?"

"Tatuagem dói pra sorvete, sabia? E ainda por cima é permanente."

"Tudo bem", eu disse. "Faz parte do meu Plano de Permanência."

A Francine me encarou sem pestanejar por cerca de um minuto. Depois voltou a jogar no celular.

"Eu vou ter que te arrumar uma pulseirona bem larga", disse ela. "Pra cobrir o punho inteiro. E você vai usar toda vez que a gente encontrar a assistente social."

Eu escancarei um sorriso e assenti.

"No tribunal também", disse ela.

"No tribunal, claro", concordei.

A Francine deu uma fungada.

"Vou ligar pra um amigo meu. Ver se ele traz os apetrechos aqui pra casa. Ninguém vai querer tatuar uma criança de 10 anos num estúdio, em plena luz do dia. Passa de todos os limites."

Eu sorria com tanta força que as minhas bochechas começaram a doer.

"Valeu, Francine."

"Tá, sem grilo. Imagino que você vá querer uma pra Suki também?"

"Essa é a ideia."

Quando a Suki chegou em casa, mostrei o "e comercial" a ela.

"Você é a melhor irmã do mundo inteiro, e a mais inteligente", disse ela.

47

Daí o amigo da Francine, que tinha tatuagens no corpo inteiro, menos na palma da mão, foi até nossa casa e tatuou dois "e comerciais" perfeitos — um no pulso da Suki, ao lado do ponto e vírgula, e outro no meu. Não cobrou nada da Francine.

"Serviço de utilidade pública", disse ele. "Minha boa ação deste ano."

E cá estou eu, na escola, bem na volta do recreio, com a sra. Davonte encarando fixamente o meu punho.

"Della", diz ela, "isso é uma tatuagem de verdade?"

"Sim, senhora", respondo, erguendo o braço.

A expectativa da ocorrência de algo mais.

A Suki vai gravar um testemunho. Eu vou testemunhar pessoalmente. Eu quero. Sei que vai ser difícil, mas a Suki prometeu que vai se sentar num lugar onde eu possa vê-la. Em vez de olhar para o Clifton, vou olhar para o rosto da minha irmã. Se for preciso, posso olhar para o meu pulso e ver o mesmo símbolo que está no da Suki. Ela pode fazer a mesma coisa. Cada uma tem a própria história, mas elas estarão sempre entrelaçadas.

Na porta da sala de aula do quarto ano, eu olho para a sra. Davonte. Sorrio.
"É pra eu me lembrar do melhor dia da minha vida."
Ela olha para mim. E sorri de volta, por incrível que pareça.
"E que dia foi esse?", pergunta ela.
"Amanhã."

E essa é a melhor parte de toda a história.

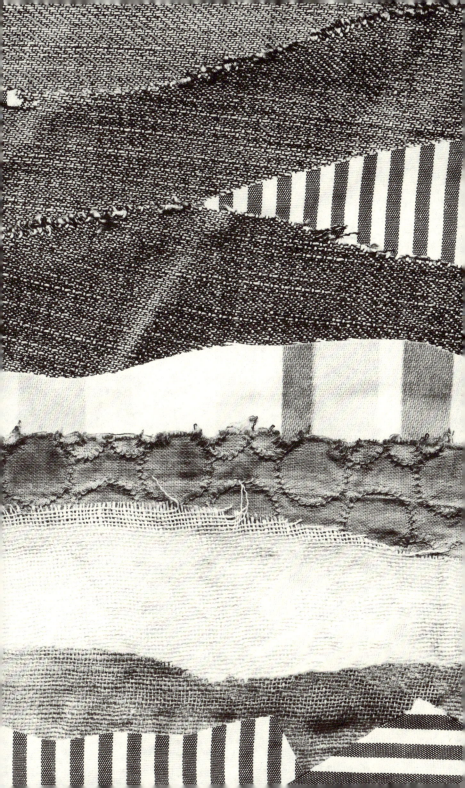

NOTA DA AUTORA

Esta história está repleta de coisas difíceis de encarar, mas a triste verdade é que muitas crianças precisam enfrentar situações difíceis todos os dias.

Segundo o Departamento de Justiça dos Estados Unidos e o Centro de Controle e Prevenção de Doenças, uma em cada quatro meninas e um em cada seis meninos serão abusados sexualmente até completar 18 anos. Esse abuso causa grandes malefícios. Entre outras questões, as crianças abusadas sexualmente acumulam dez vezes mais chances de tentativas de suicídio do que as crianças que não sofrem abuso. O suicídio é a segunda causa de morte mais comum entre crianças de 10 a 18 anos, com mais ocorrências que o câncer, a AIDS, as cardiopatias, as doenças congênitas, a pneumonia e a gripe *juntos*.

Se você sofreu agressão, informe a alguém. Conte aos seus pais, se for possível; conte aos seus professores, aos seus médicos ou a qualquer adulto de sua confiança. Caso não receba ajuda, conte a outra pessoa. Não desista até receber a ajuda de que precisa.

Se alguém relatar um abuso a você, acredite. As pessoas quase nunca inventam histórias de abuso sexual. Ajude o seu amigo ou a sua amiga a encontrar um adulto em quem possa confiar.

Se você já pensou em suicídio — dezessete por centro dos adolescentes já pensaram —, não hesite em pedir socorro. Se alguém contar a você que está pensando em suicídio, acredite. Essa pessoa está sofrendo e precisa ser ajudada.

O cvv, o Centro de Valorização da Vida, oferece apoio emocional e trabalha com a prevenção do suicídio, atendendo de forma voluntária e gratuita todas as pessoas que querem e precisam conversar, sob total sigilo, por telefone, e-mail e chat, 24 horas por dia, todos os dias. Se precisar do serviço, acesse www.cvv.org.br ou disque 188. Para denunciar um caso de abuso, seu ou de outra pessoa, você pode procurar gratuitamente o Disque Direitos Humanos acessando www.disque100.gov.br ou discando 100. Ele funciona diariamente das 8h às 22h, inclusive nos fins de semana e feriados. Se você sofrer ou testemunhar qualquer situação de violência contra a mulher, também pode discar 180 para falar com a Central de Atendimento à Mulher, que funciona 24 horas por dia, todos os dias.

Há muitas pessoas sofrendo agressões. Ao falarmos sobre isso e nos manifestarmos, podemos evitar muita coisa. Nós podemos ser os lobos.

Kimberly Brubaker Bradley

kimberlybrubakerbradley.com

KIMBERLY BRUBAKER BRADLEY vive com o marido e os filhos em uma fazenda no sopé das Montanhas Apalaches, entre pôneis, cães, gatos, ovelhas, cabras e muitas, muitas árvores. É autora de vários livros, entre eles *A Guerra que Salvou a Minha Vida* e *A Guerra que me Ensinou a Viver*. Autora premiada, já recebeu o Newbery Honor Book, o Schneider Family Book Award e o Josette Frank Award. *A Guerra que Salvou a Minha Vida* foi eleito um dos melhores livros de 2015 pelo Wall Street Journal, a revista Publishers Weekly, a New York Public Library e a Chicago Public Library.

"Quando as pessoas não se expressam, elas
morrem um pedacinho de cada vez."
— LAURIE HALSE ANDERSON —

DARKSIDEBOOKS.COM